저주를 파는 문방구
귀신 괴담 단편집

저주를 파는 문방구

귀신 괴담 단편집

차삼동

황금가지

차례

검은 책 — 7
손톱자국 — 98
귀갓길 — 110
비공개 안건 — 120

검은 책

1.

흰 눈이 내리던 겨울날이었습니다.

아기를 가진 왕비는 창밖을 바라보며 뜨개질을 하다 손을 다쳤습니다.

피가 방울방울 떨어져 흰 눈에 붉게 번졌습니다.

그걸 보며 왕비는 생각했어요.

눈처럼 하얗고 아름다운 딸이 태어났으면 좋겠어.

흰 눈같이 눈부신 살결과 피처럼 빨간 입술을 가진 아이가.

내레이터를 맡은 아이가 대본을 읽기 시작했다. 그

낭랑한 목소리가 교실 안에 퍼지자, 시끌시끌하던 6학년 4반 교실이 어느새 조용해졌다. 이미 여러 번 맞춰 본 대본이었지만 실제 동작과 함께 하는 건 처음이었다. 선생님이 연습부터 무대 준비까지 아이들에게 전부 맡긴 터라, 평소에 비중이 작거나 사정이 있는 아이들은 먼저 가기도 했지만 오늘은 달랐다. 반 아이들 모두가 자리를 지키고 있었다. 궁금한 것이다. 실제 연기와 함께하면 어떤 모습인지.

　백설 공주의 친엄마 역을 맡은 아이가 손동작으로 뜨개질을 하는 걸 보며 소희는 깊이 숨을 들이마셨다. 대사는 이미 완벽하게 외워 둔 상태였지만 긴장이 되지 않는다면 거짓말이었다. 실수하지 않으려 어제도 밤늦도록 대본을 몇 번이나 읽고 또 읽었다. 사실 이렇게까지 할 필요는 없었다. 어차피 연습이고, 아마 자신을 제외한 모든 아이가 대본을 들고 연기를 할 터였다. 그렇게라도 돋보이고 싶은 게 소희의 마음이었다.

　친엄마 역을 맡은 아이가 내려가자 소희는 아이들 앞에 섰다. 교탁을 옆으로 치우고 책상을 뒤로 물려 놓아서 공간이 꽤 넓었다. 이제 여기는 소희의 무대였다. 자신을 보고 있는 아이들의 모습이 눈에 들어왔다. 긴 드레스를 입은 것처럼 팔을 휘휘 저으며 소희는 거울을 보고 한껏 꾸며 낸 목소리로 말했다.

"거울아, 거울아. 세상에서 누가 제일 아름다우니?"

"왕비님이 가장 아름답지요."

소희는 흡족한 표정을 짓고서는 살짝 뒤로 물러섰다. 긴장이 감돌았다. 이 순간을 연기하기 위해 미리 연구했다. 만화의 왕비와 최대한 비슷하게, 그러면서도 자신의 개성을 살려 실력을 보여 줄 작정이었다. 왕비의 장면은 특이하게 객석과 배우가 직접 교감하는 장면이 있었다. 소희는 여자아이들 몇 명을 지적해 즉석에서 자신의 외모와 비교하며 잘난 체를 했다. 소희의 매끄러운 연기와 거울의 아부가 더해지자 교실에는 점점 흥이 나기 시작했다.

"지금은 세상에서 누가 제일 아름다우니? 물론 내가 제일 예쁘겠지?"

"왕비님도 아름답지만, 세상에서 가장 아름다운 건 백설 공주님이십니다."

거울의 말에 소희는 눈을 휘둥그레 떴다. 그리고 충격적인 사실을 알게 된 양 어깨를 바르르 움직였다. 박력 있는 연기에 아이들은 숨을 죽였다.

"공주를 숲으로 끌고 가라. 그리고 죽여서 그 증거로 공주의 간을 가지고 오거라. 만약 그대로 하지 못하면

네 목숨이 성치 않을 것이다."

 소희는 사냥꾼 역을 맡은 아이를 향해 위엄 있게 말하며 치를 떨었다. 그 기세에 압도된 듯 교실 여기저기서 탄성이 터져 나왔다. 소희는 곁눈질로 아이들의 반응을 살폈다. 만족스러웠다. 며칠간 시간을 내어 연습한 보람이 있었다. 기대한 대로 흘러간 것 같아 이제야 좀 안심이 되었다.

 이제 백설 공주의 차례였다. 웬만큼 잘하지 않으면 이 분위기를 바꾸지 못할 터였다. 분명 백설 공주를 맡은 유리는 대본을 들고 할 것이고 그렇게 되면 그만큼 연기에 힘이 떨어질 수밖에 없었다. 소희는 옆으로 물러서서 반대편에서 준비하는 유리를 지켜보았다.

 하지만 소희의 예상과는 달리 유리는 아무것도 들고 있지 않았다.

 '무대' 가운데로 들어온 유리는 손을 포개어 베는 시늉을 하고 옆으로 누웠다. 그리고 잠깐 잠들어 있는 척하다 기지개를 켜며 깨어났다. 낯선 곳에 온 것처럼 유리는 고개를 두리번거렸다. 그 천진한 얼굴이 정말로 공주 같았다.

 "어머, 여긴 어디지? 내가 왜 여기에 있는 거지? 아버지! 어머니! 유모! 거기 아무도 없어요?"

맑고 깨끗한 목소리가 교실에 울려 퍼졌다. 소희의 연기와는 전혀 다른 매력이었다. 한 번도 오지 못했던 장소에 있는 양 유리는 몸을 떨었다. 그때 맞은편에서 사냥꾼 역을 맡은 아이가 나타났다.

"공주님, 일어나셨군요."

"당신은 누구인가요?"

"저는 당신을 죽이러 왔습니다. 이것은 왕비님의 뜻이니 저를 원망하지 마십시오."

"어머니가요?"

순간 유리의 얼굴에 당혹감이 스쳤다.

"아니야, 어머니가 그럴 리 없어."

사냥꾼은 칼 모양으로 말아 쥔 종이를 유리의 가슴께에 겨누었다.

"고통 없이 처리해 드리겠습니다."

"아저씨, 제발 살려 주세요. 아저씨가 시키는 대로 다 할게요."

유리는 정말 목숨을 위협받는 사람처럼 간절히 매달렸다.

"이러면 어떨까요? 그냥 돌아가실 수 없으니까, 저를 죽인 걸로 하는 거예요. 저는 숲속으로 들어가서 다시는 나타나지 않을게요."

유리의 목소리에 점점 힘이 붙었다.

"생각해 보세요. 아저씨도 사람 죽이기 싫으시잖아요."

어느새 교실에서는 숨소리 하나 들리지 않았다. 유리의 연기에는 보는 사람을 빠져들게 하는 힘이 있었다. 다음에 어떤 내용이 이어질지 알고 있으면서도 모두가 유리에게서 눈을 떼지 못했다.

공주와 사냥꾼의 일대일 장면이 끝나자 아이들은 '오오' 하며 박수를 쳤다. 순식간에 교실 분위기가 후끈 달아올랐다.

"아니, 뭐야. 배우 경연 대회야?"

"다들 왜 이렇게 잘해?"

웅성거리는 아이들 앞으로 다시 소희가 나섰다. 이번에는 왕비가 사냥꾼과 마주할 차례였다. 들뜬 분위기는 쉽게 가라앉지 않았다. 소희는 시선을 집중시키려 일부러 헛기침을 했다. 하지만 도저히 첫 장면만큼 기운이 나지 않았다. 지난밤에 열심히 연습했던 것이 헛고생처럼 느껴졌다.

왕비가 백설 공주를 이길 수 없듯이 소희는 유리를 이길 수 없었다.

2.

 처음부터 이랬던 건 아니다. 5학년 때까지만 해도 소희는 친구들의 관심을 당연하게 느끼며 학교를 다녔다. 부자도 아니고, 공부를 제일 잘하는 것도 아니고, 엄마가 자주 학교에 오는 것도 아니었지만 소희는 늘 반 아이들 사이에서 눈에 띄었다. 소희 스스로도 알았다. 다른 아이들보다 키도 크고 맵시가 좋다는 걸. 끼가 있고 얼굴이 예쁘다는 걸. 그래서 항상 친구가 많았고, 아무것도 하지 않아도 항상 아이들의 중심에 있었다.

 연예인이 될 거야. 기획사에 들어가서 데뷔할 거야.

 그런 말을 자주 했다. 사실 연예인이 어떻게 되는지도 몰랐지만, 그렇게 말하면 왠지 기분이 좋았다. 소희네 학교는 1년마다 운동회와 학예회를 번갈아 가며 열었다. 소희는 뭐든 빨리 익히고 춤도 잘 췄다. 그래서 운동회 때는 단체로 하는 율동 시범을 항상 소희가 했다. 소풍 때는 앞에 나가 노래를 불렀다. 그런 건 너무 당연한 일처럼 느껴졌다. 주목받는 게 특별하다고 생각해 본 적도 없었다.

 유리가 전학 오기 전까지는 그랬다.

 4개월 전이었다. 하얀 블라우스에 하늘색 스커트. 큰

키의 유리는 마치 중학생 같았다. 선생님은 서울에서 전학 온 친구라며 유리를 소개했다. 투명하고 하얀 얼굴에 여리여리한 손이 마치 다른 나라 사람처럼 보였다. 그렇게 예쁜 아이를 본 적이 없었다.

처음에 유리는 자기 자리에서 하루 종일 조용히 앉아 있었다. 함부로 말을 걸 수 없는 분위기였다. 혹시나 말을 걸었다가 무시라도 당하면 어쩌나 하는 생각을 다들 했었던 것 같다. 하지만 겉으로 아무렇지 않은 척할 뿐, 첫날부터 아이들의 관심은 유리에게 쏠려 있었다. 수업이 끝나고 집에 가는 길에 친구들이 말했다.

"오늘 전학 온 애 진짜 예쁘지 않아? 난 무슨 아이돌인 줄 알았어."

"글쎄, 그 정도인가? 예쁘긴 한데 약간 쌀쌀맞아 보이더라고."

소희는 괜히 마음에도 없는 소리를 했다. 한 번도 느껴본 적 없던 기분이었다.

유리는 사흘 정도를 말없이 혼자 지냈다. 하지만 전학생인 유리를 도와주려 조금씩 다가가는 아이들이 많아지고, 그 싹싹한 태도와 붙임성 있는 성격을 다들 알게 되면서 얼마 안 가 유리는 아이들과 친해졌다. 한 달쯤 지나자 유리는 모두와 스스럼없이 지내게 되었다.

유리는 옷차림부터 달랐다. 지방 도시에서는 잘 볼 수 없는 세련된 디자인의 원피스나 화사한 옷들을 유리는 날마다 바꿔 입고 오곤 했다. 학용품이나 지갑 같은 것도 처음 보는 물건들이었다. 여자아이들은 유리가 어떤 옷을 입고 다니고 어떤 소지품을 들고 다니는지 관심 있어 했다. 서울에서 지방으로 사업하러 내려온 굉장한 부자의 딸이라는 소문이 돌았다.

소희는 그게 마음에 들지 않았다. 자기가 왜 그런지 스스로도 이해할 수 없었다.

2학기가 되자 유리는 여자 부반장이 되었다. 처음에는 사양했지만, 아이들이 추천하자 결국 그 자리를 받아들였다. 소희는 그런 역할에 관심이 없었다. 반장이나 부반장 같은 건 귀찮고, 누가 해도 상관없는 거라고 늘 생각해 왔다. 그런데 이상하게 유리가 그 자리에 있는 걸 보니 신경이 쓰였다. 물론 겉으로는 절대 티를 내지 않았다. 친한 사이는 아니었지만 소희는 유리를 다른 아이들과 다를 바 없이 대했고, 그건 유리도 마찬가지였다.

그렇게 끝날 수도 있었다.

10월 말에 열리는 학예회가 아니었다면.

운동회와 학예회는 소희네 학교의 연례행사였다. 작년에는 운동회를 했으니 올해는 학예회를 할 차례였다. 소희에게는 마지막 학예회이기도 했다. 이런 행사를 준비하는 걸 귀찮아하는 아이들도 있었지만 학예회를 특별하게 꾸미고 싶어 하는 아이들도 많았다.

연극을 하자는 얘기는 선아가 먼저 꺼냈다. 소희네 반에서 글을 제일 잘 쓰는 아이로, 백일장에서 상을 여러 번 타고 인터넷에 로맨스 소설을 올리고 있는 작가 지망생이었다. 학예회 회의가 열리는 날, 아이들이 서로 의견을 내지 못하고 머뭇거릴 때 선아는 손을 들고 말했다.

"고전 동화를 연극으로 하자. 다 아는 이야기로. 백설 공주 같은 거."

처음엔 다들 고개를 갸웃거렸다. 보통 백설 공주 같은 동화 연극은 저학년에서 했기 때문이다. 고학년이면 영어로 대본을 쓰거나, 패러디를 섞어서 조금은 있어 보이게 만들어야 했다. 하지만 선아는 자기 의견을 굽히지 않았다.

"6학년이니까 백설 공주를 할 수 있는 거야. 고학년답게, 확실한 연기와 구성으로 실력을 보여 주는 거지. 내가 대본 쓸게. 다른 친구들이 거기 맞는 역할 뽑아서 준비해 주면 돼."

워낙 확신에 찬 말투였고, 괜히 옥신각신하다 시간만 끌 수도 있어서인지 아이들은 굳이 반대하지 않았다. 선생님도 반 전체가 참여할 수 있다면 뭐든 상관없다고 했다. 연기 쪽에 열댓 명, 조명, 소품, 무대 뒤 역할로 나누면 25명 전원이 무리 없이 들어갈 수 있었다.

그때까지만 해도 소희는 아무 생각이 없었다. 연극을 한다면, 자신은 당연히 연기 쪽일 거라고 여겼다. 그중에서도 중심 배역. 4학년 때 TV 드라마를 패러디한 연극을 할 때도 주인공을 했었다. 특별히 나서지도 않았는데 언제나 자연스럽게 그렇게 됐다. 이런 결정에서 자신이 우선순위에 있는 건 익숙한 일이었다.

"그럼 배역부터 정해야 하나?"

반장의 말에 소희는 갑자기 신경이 쓰였다. 별것 아닌 말인데도, 속이 살짝 울렁거렸다. 조금 전까지만 해도 아무렇지 않았는데 기분이 확 달라졌다. 왜 그런지는 소희 자신도 알 수 없었다.

"백설 공주니까 백설 공주부터 정해야지."

"누가 백설 공주 할 사람 없나?"

그 말을 듣자 갑자기 소희의 가슴이 뛰었다. 보통 이럴 때는 자기 쪽으로 시선이 집중되곤 했다. 하지만 왠지 이번에는 그럴 것 같지 않다는 생각이 들었다. 소희는 그런 감정을 스스로 억누르고 있었다.

그때 뒷자리에서 아이 한 명이 말했다.

"유리가 하면 어떨까?"

이내 유리에게로 시선이 집중되었다. 유리는 당황한 얼굴로 두 손을 저었다.

"아니야. 하고 싶은 사람 있으면 다른 사람이 해. 주인공인데 갑자기 결정하면 어떡해?"

"잘할 것 같은데?"

"한번 해 봐. 이럴 때 주인공도 해 보는 거지, 언제 해 보려고 그래?"

유리는 손사래를 치다 어쩔 수 없다는 듯 고개를 숙였다.

"오, 손유리 하는가 봐."

주인공이 결정됐다며 아이들은 박수를 쳤다.

"그럼 그다음에는 누구를 해야 하나? 왕자님? 왕비?"

"왕비가 비중이 더 크지 않나? 왕비부터 할까?"

"소희가 하면 되겠네."

그제야 소희에게 시선이 쏠렸다. 소희는 생각지도 못했다는 듯 고개를 들었다. 손으로 자신을 가리키며

"나?"라고 해 보았다. 자신의 그런 모습이 너무 연기처럼 느껴졌다.

"소희 너 그 전에 주인공 했고, 잘하잖아."

소희는 억지로 웃었다. 아무렇지 않은 척, 밝은 표정으로 고개를 끄덕였다. 축하를 받는 모습 같았지만 소희는 알고 있었다. 사실은 처음부터 어렴풋이 느끼고 있었는데도 모른 척을 해 왔다. 인정하기 싫어서 애써 피해 왔다. 이날 그 느낌은 확신으로 바뀌었다. 자신은 2순위였다.

온종일 기분이 가라앉지 않았다.

소희가 직접 왕비 역을 골랐다면 별 상관이 없을지도 몰랐다. 오히려 배역만 보면 왕비가 더 흥미로운 부분도 있었다. 왕비 역이 싫은 것보다도 밀렸다는 데 더 속이 상했다. 처음에는 태연한 척 잘 견뎌 냈지만, 시간이 지날수록 참을 수 없어져 오후에는 겉으로 티가 날 정도였다. 때마침 앞에 앉는 아이가 전학을 가는 바람에 앞자리가 비어 있어서 맨 뒤에 앉아 있던 소희는 표정 관리에 애를 먹었다.

소희도 예뻐. 하지만 유리가 더 예뻐.

그런 말이 귓가에 들리는 것 같았다. 하루 이틀이 지나도 기분은 나아지지 않았다. 혹시라도 유리를 시샘

하는 것처럼 보일까 봐 소희는 더 쾌활하고 아무렇지 않은 듯 행동했다. 함께 하교하는 친구들과 이런저런 얘기를 나눌 때도 유리의 험담은 절대 하지 않았다. 그런 점이 자신을 더 피곤하고 지치게 했다.

갈수록 라이벌 의식을 느끼고 있다는 걸 소희는 스스로 인정해야 했다.

처음으로 대본을 연기와 함께 맞춰 보던 날, 그런 마음을 먹고 있었다. 내가 정말 잘하면 시선을 돌릴 수 있지 않을까. 연기력으로 분위기를 가져올 수 있을지 몰라. 유치한 생각이라는 걸 알면서도 욕심을 억누를 수 없었다. 결과는 그런 시도가 부끄러워질 만큼의 완패였다.

연습이 끝난 뒤에야 들었다. 유리는 서울에 있을 때, 구에서 운영하는 어린이 극단에서 활동했다고 했다. 애초에 이런 경험이 많았던 것이다. 그걸 알고 나니 얼굴이 달아올라 견딜 수 없었다. 그날 저녁 소희는 입맛이 돌지 않아 아무것도 먹지 않았다.

등굣길에 소희는 생각했다.

차라리 유리가 형편없는 애였다면 마음 놓고 미워할 수 있었을 텐데.

교실 문을 열자 바로 유리가 보였다. 유리는 아이들에게 둘러싸여 있었다. 왠지 그쪽에서 빛이 나는 것 같았다. 정말로 유리가 백설 공주일지도 몰랐다. 아무리 봐도 유리는 그 역에 어울리는 사람이었다.

그럼 나는 왕비인가.

백설 공주를 질투하고 불행을 바라는 왕비.

그렇게 생각하니 눈물이 날 것 같았다. 그때 소희야, 하고 다른 아이들이 불렀다. 소희는 눈물이 나려는 걸 참고 웃으며 인사를 했다. 이런 사소한 일로 약해지고 싶지 않았다.

다음 날 오후 소희는 조퇴했다. 아무리 힘을 내려고 해도 몸이 말을 듣지 않았다. 차라리 푹 쉬고 잊어버리는 게 나을지 몰랐다. 어차피 학예회이고 10분 조금 넘는 연극에 불과한데. 이렇게 용을 쓰는 건 이상한 일이었다. 졸업도 얼마 남지 않았다. 이런 데에 기력을 낭비하느니 그냥 무난하게 학예회를 끝내고 다른 데 집중하는 편이 나았다.

"그럼 몸조리 잘하고."

"네."

소희는 선생님께 인사하고 교실을 나섰다. 아직 10월이라 낮엔 더웠다. 운동장을 혼자 가로지르는 것만으로도 목이 말랐다. 음료수도 하나 사고, 다음 날 준비물도 미리 살 겸 해서 소희는 학교 앞 문구점에 멈춰 섰다. 가게 문을 열고 들어가자 아무런 인기척이 느껴지지 않았다. 아이들이 거의 없는 시간이라 주인아주머니는 자리를 비운 듯했다.

소희는 가게 안을 둘러보았다. 이런 식으로 구경하다 필요한 물건을 찾기도 했다. 음료수부터 꺼낼까. 냉장고 쪽으로 가던 소희는 공책이 쌓여 있는 자리에서 시커먼 색의 책 하나를 발견했다.

그것은 딱 봐도 다른 책들과는 달랐다. 공책이나 다른 문제집 표지들이 형형색색으로 예쁘게 만들어져 있는 데 비해 그 책은 투박해 보였다. 손바닥 정도 크기로 규격도 다른 게, 마치 교회에서 나눠 주는 찬송가 책 같았다.

소희는 그 책을 들어 보았다. 두껍지는 않았다. 100페이지쯤 될까. 가죽처럼 거칠거칠한 책 표지에는 황금빛 누런 붓글씨로 '검은 책'이라고 쓰여 있었다.

'이런 것도 파나?'

소희는 책을 들어 한번 들춰 보았다.

검은색 속표지를 넘기자 흰색 내지가 나왔다. 첫 페이지였다. 그 위에는 이렇게 쓰여 있었다.

이 책이 당신의 앞에 나타난 이유는 당신이 누군가를 간절히 미워하고 있어서이다.

뭐야. 장난인가.
정체를 알 수 없는 책이었다. 한 페이지를 더 넘겨 보았다.

당신이 이 책을 얻은 것은 행운이다.

뭐야. 책의 어설픈 모양새에 피식하고 웃음이 나왔다. 이런 걸 보게 되다니. 문득 몇 달 전 유튜브에서 봤던 영상이 생각났다. '문방구에서 팔던 진짜 무서운 책들'이라는 제목이었다. 지금은 구하기도 힘들다며, 유튜버는 조그만 책 표지들을 보여 주었다. 예전에 그런 책들이 인기가 많았다고 듣긴 했지만, 이런 게 아직도 있을 거라곤 생각지도 못했다.

그때 가게와 연결된 뒷문에서 주인아주머니가 나왔다. 안에서 볼일을 보고 있었던 모양이었다.

"어, 오늘은 일찍 마치나 보네?"

아주머니는 소희를 보며 아는 체를 했다.

소희는 준비물과 음료수를 사며 아주머니에게 그 책

에 대해 물어보았다.

"저 책도 파시는 거예요?"

"응? 저게 뭐지?"

아주머니는 소희가 가리키는 쪽을 보더니 의아한 표정을 지었다. 아주머니는 책이 진열된 곳으로 다가가 이리저리 훑어보더니 알 수 없다는 얼굴을 했다.

"우리 가게에 이런 것도 있었나?"

아주머니는 책을 들고 안쪽으로 들어갔다. 아저씨를 부르는 아주머니의 목소리가 들렸다.

"여보, 우리 이거 언제 들어온 거야?"

아저씨의 목소리가 어렴풋하게 들렸다.

"잘 모르겠는데?"

아주머니는 밖으로 나와 고개를 갸웃거리더니 책을 앞에 놓았다.

"글쎄, 이건 잘 모르겠네."

갑자기 호기심이 일었다. 저런 책들에는 원래 관심이 없었지만 주인도 모르는 책이라니 뭔가 재미있어 보였다.

"저기, 그러면 이 책 저 주시면 안 돼요?"

"응? 이걸 달라고? 이게 얼마인지는 몰라도, 우리 가게에 있던 거니까 값은 받아야 해."

아주머니는 대수롭지 않은 얼굴로 책을 보았다.

"그럼 얼마에요?"

"어디 보자. 얼마로 할까."

자기도 모르는 물건이면 그냥 줘도 될 텐데. 소희는 야속해하며 지갑에서 돈을 꺼냈다.

3.

숙제를 마치고 잠시 쉬던 소희는 문구점에서 사 온 책을 펼쳐 보았다. 어쩌다 보니 5천 원이나 주고 사 온 물건이었다. 아주머니가 바가지를 씌운다는 생각도 들었으나 흔하게 볼 수 없는 모양새인 데다 괜한 호기심이 들어 사 오고 말았다.

소희는 앞의 두어 장을 넘기고 다음 페이지를 보았다. 머리말인 듯 글씨가 빼곡하게 쓰여 있었다.

이 책은 당신의 앞을 가로막고 있는 사람을 불행에 빠뜨려 당신이 행복해지도록 돕는다. 당신은 그저 이 책에 나와 있는 저주 의식을 그대로 실행하기만 하면 된다. 저주는 1회차부터 4회차까지로, 회차별로 점점 더 큰 고통이 닥쳐 그 대상이 괴로워하는 모습을 볼 수 있을 것이다. 저주가 완료되면 그 대상은 심각한 정신적·육체적 손상을 입어 다시는 당신을 방해하지 못하게 된다.

황당한 내용이었다. 소희는 피식 웃으며 다음 장을 넘겼다. 간단한 목차가 나왔다. 진짜 저주 방법을 알려줄 모양이었다.

한 장을 더 넘기자 이런 문구가 나왔다.

단, 다음 사항을 지켜야 한다.
1) 일단 의식을 시작하면 1회차부터 4회차까지 막힘없이 진행되어야 한다. 각 회차 의식의 간격은 4일이다. 1회차 의식 후 4일 뒤에는 2회차 의식을 해야 한다. 모든 저주가 완료되는 시점은 12일째이다.
2) 의식이 시작되면 저주를 멈출 수 없다. 저주를 풀기 위해서는 저주를 한 상대에게 자신이 저주를 걸었다는 사실을 고백하고 진심으로 용서를 빌어야 한다.
3) 의식을 하는 도중에 그 모습을 다른 사람에게 들켜서는 안 된다. 촛불을 꺼트리거나, 도구를 떨어뜨리거나, 준비물을 빠뜨리거나, 실수를 해서도 안 된다.
그렇지 않으면 악마가 당신의 영혼을 빼앗을 것이다.

피식거리며 읽던 소희는 마지막 줄에서 웃음을 멈추었다. 문구점에서 재미로 파는 책이라기엔 너무 자세하고, 기분 나쁜 내용이었다. 건조한 글투와 섬뜩한 표현들 때문에 더욱 그렇게 느껴졌다. 그리고 악마가 영혼을 빼앗아 간다니 허무맹랑하면서도 지나친 결말이었다. 소희는 책 뒷면을 살폈다. 출판사나 바코드, 가격, 저자 같은 정보가 아무것도 나와 있지 않았다. 장난으로 만든 것치고는 고약한 책이었다.

그런데도 책 안쪽은 또렷하게 인쇄된 글씨였다. 글자가 흐트러지거나 비뚤지도 않고, 깔끔하게 정돈되어 있어서 더 이상했다. 누군가 개인적으로 만든 책을 문구점에 놓고 간 걸까. 실수로 떨어뜨린 걸 아주머니가 상품인 줄 알고 진열했을지도 몰랐다.

몇 페이지 더 넘겨 보았다. 그다음부터는 본격적인 저주 방법이 소개되어 있었다.

1회차

† 준비물
실, 인형, 저주 대상의 손톱(머리카락), 바늘, 물, 그릇, 종이, 펜

† 방법
1. 저주하고 싶은 대상의 이름을 써 인형의 머리에 붙인다.
2. 인형의 몸을 갈라 심장 부위에 손톱이나 머리카락을 넣는다.
3. 실로 봉한 뒤에 그릇에 물을 채워 그 안에 담근다.
4. 피를 조금 내어 그 위에 뿌린다.
5. 다음과 같이 말한다. "주인님, 주인님. 몸과 마음을 다해 간절

히 원합니다. 이 자의 몸을 받아 주세요."

  6. 인형을 향해 세 번 절을 한다.

  7. 의식이 끝나면 인형을 꺼내 누구도 보지 못하는 장소에 놓아둔다.

  딱히 처음 보는 방식은 아니었다. 똑같지는 않지만 예전에 친구들이 지나가듯 했던 얘기랑 비슷했다. 인형을 구해서 머리카락을 넣는다거나, 물에 담그고 주문을 외운다거나. 그때는 저주가 아니라 귀신을 부르는 방법이라고 들었다. 이건 그보다 훨씬 구체적이고 기분이 나빠서, 관심이 있다면 끌릴 법한 내용이긴 했다.

  이런 게 무슨 의미가 있을까. 소희는 책을 덮으려고 했다.

  순간 문득 유리의 얼굴이 생각났다.

  자신도 왜 그런지 몰랐다. 그냥 갑자기 스치듯이 떠오른 것이다. 소희는 그 얼굴을 떨치려고 애썼지만 그럴수록 유리의 얼굴이 더욱 또렷하게 되살아났다.

  아름다운 유리.

  소희의 자리를 빼앗아 간 유리.

  갑자기 그런 생각이 들었다.

해 볼까.

 밑져야 본전이었다. 해 봐서 손해날 건 하나도 없었다. 진짜로 무슨 일이 생기는 것도 아닐 테니까. 혹시라도 이상한 기분이 들면 도중에 그만두면 된다. 어차피 아무도 모른다. 다른 사람에게 알려지지 않는다면, 조용히 이런 일을 하는 건 잘못이 아니다. 그리고 왠지 이걸 하면 아무것도 달라지지 않더라도 속은 좀 시원할 것 같았다. 비밀스럽게 갖고 있는 경쟁의식을 풀 기회였다.

 검은 책의 글자 위로 유리의 모습이 겹쳐졌다.

 소희는 그날 의식을 하지 않았다. 당장 시작할 수는 없었다. 저주를 하기 위해서는 여덟 가지 준비물이 필요했다. 펜이나 인형, 그릇 같은 건 집에서도 쉽게 구할 수 있는 물건이었다. 문제는 유리의 손톱이나 머리카락이었다. 손톱을 깎아 달라고 할 수도 없는 일이었고 머리카락을 몰래 자르는 건 더욱 말이 안 됐다. 그런 건 그냥 구할 수 없는 거나 마찬가지였다. 어차피 재미로 할 건데, 그렇게까지 기를 쓰면서 하고 싶지도 않았다.

 그것들을 손에 넣을 기회는 우연히 찾아왔다. 며칠 후 야외 수업 시간이었다.

소희가 화장실에서 돌아왔을 때, 교실은 이미 텅 비어 있었다. 아이들은 모두 밖에 나가고, 혼자 남은 소희는 서둘러 가방을 챙겼다. 막 교실을 나서려던 순간 소희의 눈에 유리의 책상이 들어왔다.

그걸 보자 머릿속에 검은 책의 내용들이 스쳐 갔다.

유리의 가방을 뒤져 볼까.

혹시 소지품에 그런 것들이 들어 있을지도 모르는 일이었다. 어쩌면 책이나 공책 사이에 머리카락이 끼어 있을 수도 있었다. 소희는 주위를 살피며 가만히 유리의 자리에 다가가 살며시 가방을 열어 보았다.

공책 몇 권과 다른 물건들이 들어 있었다. 손을 넣어 더듬자 딱딱하고 기다란 것이 잡혔다. 소희는 조심스럽게 그것을 꺼냈다. 머리빗이었다. 갈색 머리빗 사이에 머리카락이 몇 올 붙어 있었다.

그때 교실 앞문으로 여자아이 하나가 들어왔다. 소희는 소스라치게 놀랐다.

소희는 유리의 자리에서 재빨리 발을 빼고 머리빗을 뒤로 숨겼다. 가슴이 두근거렸다. 어쩌면 자신이 가방을 뒤지는 걸 들켰을지도 몰랐다.

"너 뭐 하니?"

아이는 의심에 찬 눈초리로 물어보았다. 소희의 앞

자리에 앉는 미주라는 친구였다.

소희는 고개를 저었다.

"아무것도 아니야. 근데 너는 왜 들어왔어?"

"아, 나는 선생님 심부름이 있어서."

미주는 계속 의심스러워하는 기색이었다. 소희는 아무렇지 않은 척 유리의 머리빗을 숨기고 책을 챙겨 교실 밖으로 나갔다.

4.

일요일 오후였다. 숙제를 마치고 소희는 검은 책을 펼쳤다. 머리빗은 그저께 빼돌려 두었지만 주말 동안 삼촌 댁을 다녀오느라 다른 일을 할 틈이 없었다. 이제야 조용한 시간이 찾아왔다. 이미 준비물은 다 갖춰 놓았다.

반쯤 장난처럼 생각했던 일이었다. 하지만 남의 물건을 훔치는 일까지 했고, 그게 손에 들어온 순간부터는 무언가를 하지 않으면 안 되는 상황이 되었다. 진짜로 이걸 했을 때 어떻게 되는지 궁금하기도 했다. 부모님은 외출 중이었고, 독서실에 간 오빠는 아직 한참 뒤에나 돌아올 터였다. 이 순간은 소희만의 시간이었다.

책을 보며 준비물을 늘어놓았다.

실, 인형, 유리의 머리카락, 바늘, 물, 그릇, 종이, 펜.

인형은 집에 굴러다니던 공룡 인형이었고, 바늘이나 실은 예전 실습 시간에 썼던 걸 아직 갖고 있었다. 종이는 검은 책 뒷면을 찢어 사용하기로 했다. 검은 책은 100페이지 정도 두께였으나 앞부분 몇 페이지만 기록돼 있었고 나머지 장에는 내용이 없었다. 일부러 이런 데 쓰라고 남겨 둔 것처럼 느껴졌다. 괜히 거기다 쓰면 저주가 더 잘 통할 것 같았다.

준비물을 차례로 늘어놓자, 소희는 문득 이 상황이 너무도 비현실적이라는 생각이 들었다. 그런데도 손끝이 떨리고, 심장은 평소보다 빠르게 뛰고 있었다.

우선 소희는 종이에 유리의 이름을 썼다.

손유리.

그 글자가 굉장히 크게 느껴졌다. 그렇게 이름을 정면으로 마주하고 있으니 찔리는 기분이었다. 그렇지만 이제 와서 멈출 수는 없었다. 소희는 접착테이프를 짧게 끊어 종이를 공룡 인형의 머리에 붙였다. 그 모습이 왠지 우스꽝스러워 보였다.

필통에서 커터 칼을 꺼낸 소희는 인형의 배를 갈랐다. 하얀 솜이 보였다. 그 안에 유리의 머리카락 한 가닥을 조심스레 넣었다. 그리고 실로 꿰맸다.

그릇은 인형을 담가야 해서 생각보다 큰 게 필요했다. 냉면 그릇을 이런 식으로 쓸 거라고는 생각지도 못했다. 그릇 안에 인형을 넣자 솜으로 만든 공룡 인형이 금방 축축이 젖었다. 여기에 열중하고 있는 자신의 모습이 우스웠다.

이제 피를 낼 차례였다. 이 단계가 되자 조금 긴장이 되었다. 이제부터는 장난이 아니었다.

피는 조금만 내면 되겠지.

소희는 바늘을 들어 눈을 감고 왼쪽 엄지손가락 끝을 찔렀다. 따끔한 감각과 함께 피가 배어 나왔다. 소희는 손가락 안쪽부터 조금씩 밀어서 피를 짜냈다. 그리고 인형 위에 뿌렸다. 공룡의 파란 머리에 점점이 빨간 피가 떨어졌다.

이제 주문을 외울 차례였다. 소희는 무릎을 꿇고 인형을 보며 이렇게 말했다.

"주인님, 주인님. 몸과 마음을 다해 간절히 원합니다. 이 자의 몸을 받아 주세요."

그 말을 끝내자마자 등줄기에 소름이 확 솟았다. 대체 '주인님'은 누구이고 '이 자'는 누구이며 '몸을 받아 달라'는 건 무슨 뜻일까. 책에는 아무런 설명이 없었다.

피를 떨어뜨리고 소희는 인형을 향해 세 번 절을 했다. 고개를 들 때마다 인형과 눈이 마주쳤다. 인형이 자신을 내려다보고 있는 것 같은 생각이 들었다.

모든 절차가 끝나자 소희는 인형을 꺼내 상자에 넣고 침대 밑에 숨겨 두었다.

다음 날 학교에서 소희는 계속 인형을 생각했다. 침대 말고 다른 곳에 넣어둘 걸 그랬나. 혹시 엄마가 찾지 않을까. 그 의식을 치르고 나니 그다지 기분이 좋지 않았다. 찜찜하고 불쾌한 의식이었다. 그리고 아무도 모르게 그런 짓을 했다는 사실 자체가 떳떳하지 않았다. 계속 유리의 반응을 살피는 것도 힘들었다. 기분이 풀리기는커녕 오히려 더 답답해지고 불안해졌다. 더구나 유리에게 그날 하루는 아무 일도 일어나지 않는 것 같았다.

하루가 지나고 이틀이 지나도 마찬가지였다. 저주를 받은 사람치고 유리는 너무 멀쩡했다. 혹시 불행한 일이 있었는데 자신만 몰랐던 건 아닐까 하는 생각도 들었다. 수업이 끝나고 이어지는 학예회 연습에서도 유리는 여전히 기운이 좋아 보였다. 오히려 날이 갈수록 배역에 더 몰입해서, 그만큼 대사도 자연스러워졌다.

처음보다 훨씬 안정감 있는 모습이었다.

'역시 거짓말이었어.'

처음부터 믿은 게 실수였다. 애들 상대로 파는 장난 같은 책에 속아 괜히 기분만 망치고 말았다. 어쩌면 문구점 아주머니의 장사 수단일지도 몰랐다. 6학년씩이나 돼서 저런 데 넘어가다니 한심한 일이었다.

그 순간까지는 그렇게 믿었다.

그 일이 일어난 건, 의식을 치른 지 사흘째 되는 날, 3교시 미술 시간이었다. 다들 가위와 색종이를 들고 공작에 열중하던 중이었다. 소희는 종이꽃에 붙일 색종이를 자르고 있었다. 한창 집중하고 있을 때 앞자리에서 '앗' 하는 소리가 들렸다. 아이들이 일제히 소리가 나는 쪽을 바라보았다.

유리였다.

유리가 손에 피를 흘리고 있었다. 가위에 손을 찔린 모양이었다.

"유리야 괜찮니?"

선생님의 말씀에 '예.' 하고 유리는 고개를 끄덕였다. 선생님이 유리의 상태를 확인하느라 수업이 잠시 중단되었다. 크게 다친 건 아닌 모양이었다. 일단 옆자리 친구가 유리를 보건실에 데리고 갔다. 다들 웅성거리자 선생님은 아이들을 진정시키고 수업을 진행했다.

"모두 조심해야지. 별거 아닌 거 같아도 잘못하면 저렇게 다친단 말이야."

선생님은 다시 한번 주의를 주었다.

십 분쯤 있다 유리는 다시 들어왔다. 손에 간단하게 응급조치를 취한 듯 반창고를 붙이고 있었다. 괜찮냐고 물어보는 아이들의 말에 유리는 고개를 끄덕였다.

그걸 보자 갑자기 소희의 가슴이 두근거렸다.

설마 저주 때문일까. 그게 실현된 걸까.

그냥 우연이라고 넘길 수도 있었다. 하지만 그 의식 후에 며칠 지나지 않아 이런 일이 벌어진 건 사실이었다. 머릿속 한구석에서 속삭이는 소리가 들렸다. 네가 그런 일을 했잖아. 아무도 모르게.

점심시간에 식사를 마치고 소희는 운동장 바깥의 동상 쪽으로 갔다. 어린아이가 바보 같은 자세로 어머니 앞에 무릎을 꿇고 있는 동상이었다. '효자상'이라는 이름이 있었지만 아이들은 그 동상을 '바보상'이라고 불렀다. 소희는 그리로 걸어가 동상 뒤에서 가만히 앉아 있었다. 가끔 소희가 머리를 식히고 싶을 때 찾는 장소였다. 평소에 아이들 사이에서 웃고 떠드는 척하느라 힘을 빼던 소희에게는, 이렇게 아무 말 없이 있을 수 있는 시간이 꼭 필요했다.

 조용한 틈새를 뚫고 누군가 다가오는 소리가 들렸다. 소희는 고개를 돌렸다.

 익숙한 얼굴이 아는 체를 했다. 앞자리에 앉는 미주였다. 며칠 전에 유리의 빗을 훔치다 미주에게 들킬 뻔했었던 기억이 났다. 여기서 만나게 되니 달갑지 않았다.

"지금 뭐 해?"

"아니, 생각 좀 하려고……."

 미주는 스스럼없이 소희 옆에 바싹 다가앉았다. 그리고 은근한 목소리로 말했다.

"나 그거 물어봐도 돼?"

"뭐?"

 미주의 말을 듣는 순간 소희의 가슴이 내려앉았다.

"지난주에 너, 유리 가방 손댄 거 아니야?"

"무슨 소리야? 나 안 했어."

 미주는 의아한 표정을 지었다.

"그래? 그날 유리가 머리빗 잃어버렸다던데. 네가 가져간 거 아니었어?"

 숨이 멎는 기분이었다. 아무래도 미주는 알고 있으면서 떠보는 것 같았다. 무슨 생각으로 이러는지 알 수가 없었다. 계속 잡아떼면서 추궁을 당하느니 차라리 말해 버리는 게 나을 수도 있었다.

"저기, 내가 솔직하게 얘기하면 유리한테 말할 거야?"

미주는 고개를 저었다.

"아니, 그게 뭐 대단한 잘못도 아니지 않나? 왜 그랬는지 몰라도."

"나 사실 유리 빗 훔친 거 맞아."

"그래? 그냥 물어본 건데 정말이네? 왜 그랬어?"

미주는 약간 놀라는 눈치였다. 소희는 잠깐 입을 다물었다. 어디까지 말해야 할까. 끝까지 잡아떼면 좋겠지만 이미 도둑질을 인정해 버린 이상 아무 얘기도 안 하고 넘어갈 수는 없었다. 하지만 검은 책 얘기를 꺼내기엔 너무 이상했다. 문구점에서 산 정체불명의 책에 있는 내용을 따라 하고 있다고 말하면, 누구라도 어리둥절할 수밖에 없을 터였다. 소희는 눈을 살짝 피하며 짧게 말했다.

"인터넷에서 저주하는 방법을 봤거든. 거기 보면 머리카락이 필요하다고 돼 있어서……. 그냥, 한번 해 보려고."

"저주? 아니, 왜? 유리한테 저주를 왜 해?"

미주는 깜짝 놀랐다.

"우리끼리 안 좋은 일이 있어. 그냥 그렇게밖에 얘기할 수 없어."

"그래서 머리카락 가져간 거야?"

미주는 눈을 휘둥그레 뜨더니 소희의 어깨를 탁 쳤다.

"미쳤나 봐. 너 그런 거 하면 안 돼. 걔가 무슨 잘못을 했는지 몰라도 그러면 안 되는 거야. 저주하면 그 사람한테 돌아온다고 하잖아. 그런 얘기 괜히 있는 게 아니야."

"그런가? 안 그래도 유리가 다쳤는데 나 때문인가 싶어서 신경 쓰이더라고."

"그게 진짜든 아니든 서로 안 좋아. 문제가 있으면 풀어야지. 그러지 말고."

미주는 걱정스러운 눈길로 소희를 바라보았다.

다음 날은 첫 번째 저주를 한 지 나흘째 되는 날이었다. 소희는 망설이고 있었다. 책에는 나흘마다 의식을 계속해야 한다고 쓰여 있었지만, 유리가 다치는 걸 보고 나니 조금 거리낌이 느껴졌다. 싫지만은 않은 마음이 절반, 꺼림칙한 마음이 절반이었다. 유리가 더 크게 다칠지도 모르는데, 그래도 기분이 좋을까. 한 번만 더 해 볼까. 여러 가지 생각이 계속 머릿속을 어지럽혔다.

학예회 연습은 계속되었다. 유리의 연기는 계속 늘어 이제는 진짜 아역 배우라고 해도 믿을 정도였다. 소희도 맡은 역할을 성실히 해냈고, 무대 위에서 두 사람의 조화도 나쁘지 않았다. 대본을 맡은 선아는 물론 연습을 지도하는 선생님도 결과에 만족해했다. 반 분위기도 열성적이었다.

연습을 마친 뒤였다. 아이들이 짐을 챙기고 있을 때, 한 아이가 호기심 어린 목소리로 유리에게 물었다.

"유리 너, 방송국에서 연락 왔다는 거 정말이야?"

"아, 그거 우리 연습하는 거 보고 옆 반 애가 폰으로 찍어서 자기 삼촌한테 보여 줬는데, 삼촌이 방송국에 계신대. 나한테 관심 있어 하셔서 한번 뵙기로 했어."

"그럼 너 티비에 나오는 거야?"

뜻밖의 소식에 아이들은 신기해했다.

"진짜로 연예인 되는 거야?"

"글쎄, 잘 되면?" 하고 유리가 웃자 아이들은 다 같이 웃었다. 소희는 조금 떨어져서 그 모습을 지켜보았다. 역시 자신에게, 그리고 왕비에게 관심을 가져 주는 사람은 아무도 없었다.

학원을 마치고 집에 돌아와 내일 시간표를 확인하던 소희는 문득 저주를 생각했다. 아이들에게 둘러싸여 밝게 웃던 유리의 모습이 자꾸 떠올랐다.

한 번 더 할까.

소희는 검은 책을 펼치고 그 내용을 찬찬히 읽어 보았다.

2회차

† 준비물
저주하고 싶은 대상의 사진, 사과, 작은 동물, 칼, 유리병, 펜, 종이 수십 장

† 방법
1. 저주 대상의 사진 위에 소용돌이를 그린다.
2. 멀리서부터 조금씩 안쪽으로 그려 온다.
3. 사과는 구멍을 빽빽하게 뚫는다.
4. 저주 상대의 이름을 여러 장의 종이에 일일이 쓰고 돌돌 말아 구멍마다 꽂는다.
5. 그 가운데에 저주 대상의 사진을 말아서 꽂는다.
6. 동물을 죽여 그 위에 자신의 피를 섞는다.
7. 다음과 같이 말한다. "너의 뼈와 살에 무고한 미물의 저주 있으라. 그대로 이루어질지어다."

8. 의식이 끝나면 사과와 동물을 유리병에 넣어 그대로 썩도록 둔다.

 여전히 불쾌하기 이를 데 없는 내용이었다. 이번에는 준비물이 꽤 많았다. 사과나 작은 동물은 당장 갖고 있지 않았고 유리병도 없었다. 거기다 사과를 넣을 수 있는 유리병이라니, 더욱 짐작이 가지 않았다. 시계를 보니 이미 오후 여덟 시를 넘은 상태였다. 소희는 잠깐 학용품을 사러 간다고 엄마에게 말하고 집을 나섰다.

 사과는 동네 슈퍼에서 쉽게 구입할 수 있었다. 유리병은 따로 없었으므로 2리터짜리 페트병에 담긴 생수를 샀다. 죽은 동물이 문제였다. 소희의 머릿속에 떠오르는 장면은 도마뱀이나 새끼 고양이, 쥐 같은 동물들이 사과와 함께 썩어 가는 모습이었다. 하지만 차마 그런 동물들을 죽일 엄두는 나지 않았다. 소희는 잠시 집 앞 벤치에 걸터앉아 땅을 보았다. 발 앞쪽으로 개미가 지나가고 있었다. 소희의 머릿속에 한 가지 생각이 스쳐 갔다.

 개미도 동물 아닐까.

 검은 책에는 동물의 종류에 대한 설명이 없었다. 병에 들어갈 수 있을 만큼 작고, 생명만 지니고 있다면 상관없지 않을까. 소희는 개미 몇 마리를 조심스럽게 그러모았다. 손바닥을 꼭 쥔 채로 천천히 일어나 집으로 향했다.

의식이 시작되었다.

소희는 학교 웹 사이트에 접속해 자기 반 페이지를 열었다. 유리가 나온 단체 사진을 찾아 저장하고, 프린터를 연결해 출력했다. 컬러 프린터가 아니었으므로 자연스레 유리의 사진은 흑백이 되었다. 1학기 종업식 때 환하게 웃는 모습이었다.

소희는 절반 자른 페트병과 사과, 종이, 펜을 차례로 늘어놓았다. 그리고 열리지 않도록 방문을 걸어 잠갔다. 책에도 들키면 안 된다는 설명이 쓰여 있긴 했지만, 소희에게는 저주를 망쳐 자신을 잡아가는 악마보다 자신의 이런 모습을 보고 놀랄 엄마가 더 무서웠다. 이런 망신스러운 행동을 하다 들키면 대체 어떻게 설명해야 할지 상상도 하기 싫었다. 다행히 부모님이나 오빠는 소희가 뭘 하는지 신경을 쓰지 않고 있었다.

일단 유리의 사진을 놓고 검은 펜으로 바깥에서부터 소용돌이를 그렸다. 흑백 사진 속에 웃고 있는 유리의 얼굴이 마치 영정 사진 같았다. 그다음, 사과를 꺼내어 송곳으로 여러 번 구멍을 냈다. 몇 번 하라고 정해 놓은 건 아니라서 열 번 정도만 했다. 그리고 검은 책의 뒷부분을 잘라 유리의 이름을 계속 썼다.

 손유리 손유리 손유리 손유리 손유리 손유리 손유리 손유리 손유리 손유리

 펜 끝이 종이 위를 움직일 때마다 손에 묘한 감각이 남았다. 소희는 그 종잇조각들을 말아 사과의 구멍에 하나씩 천천히 꽂아 넣었다. 마지막으로 유리의 사진을 말아 사과 가운데에 꽂았다.
 이제 동물을 죽일 차례였다. 소희는 가지고 온 개미를 손가락으로 누르고 손끝에 바늘로 상처를 내 바스러진 개미 위에 뿌렸다. 개미들이 피로 시뻘겋게 되었다. 소희는 그걸 보며 주문을 외웠다.
 "너의 뼈와 살에 무고한 미물의 저주 있으라. 그대로 이루어질지어다."
 온몸에 전율이 일었다. 자신이 이런 일을 하고 있다는 게 믿기지 않았다. 음침하고 기괴한 의식이었다. 자기 목을 타고 나오는 소리가 마치 남의 목소리처럼 들렸다.
 소희는 사과와 개미를 반으로 자른 페트병 안에 넣

었다. 이 저주는 특히 마지막이 기분 나빴다. 썩도록 그대로 둔다니, 마치 그 대상의 몸이 그렇게 썩어 들어가길 바라는 저주 같았다. 소희는 그날 밤 아름다운 유리의 얼굴이 시커멓게 변하는 꿈을 꾸었다.

5.

첫 번째 저주는 사흘이 걸렸지만, 두 번째 저주는 하루 만에 효과를 보았다.

체육 시간이었다. 뜀틀 넘기를 배울 차례였다. 시범 삼아 가볍게 뜀틀을 넘는 선생님을 보니 역시 어른은 다르다는 생각이 들었다.

"구름판에 이렇게 발을 딛고, 도움닫기를 해서 한 번에 넘는 거야. 손은 너무 앞도, 너무 뒤도 말고 가운데쯤. 겁먹고 멈칫하면 다리 걸려서 못 넘는다. 과감하게 바로 짚어야 해."

선생님은 다시 한번 시범을 보여 주었다.

아이들은 줄지어 앉아 차례를 기다리며 한 사람씩 앞으로 나갔다. 뜀틀 넘기는 어려워 보였지만 의외로 실패하는 아이들이 별로 없었다. 실수로 뜀틀에 걸려 엉덩이를 걸치는 아이들도 대부분 두 번째 시도에는 해냈다. 소희는 어릴 때부터 운동에 자신이 있었다. 보통 이런 테스트를 제대로 못 하는 건 운동 능력이 떨어져서라기보다는 겁을 내거나 몸을 사려서 그럴 때가 많았다. 한 번도 해 본 적 없었지만 다른 아이들의 움직임을 보니 어떻게 해야 할지 감이 왔다. 뜀틀을 짚을 때 힘을 풀면서 몸을 띄우는 게 중요해 보였다. 그때 몸이 굳으면 넘지 못하는 것이다.

"김소희."

이름이 불리자 소희는 뜀틀을 보고 똑바로 섰다. 그리고 구름판까지 한 번에 달렸다. 발로 몸을 디디고서는 확 뛰어 뜀틀의 등을 최대한 멀리 짚었다. 몸이 붕 뜨는 느낌이 났다. 성공이었다. 아이들이 '오오' 하고 박수를 쳐 주었다.

"손유리."

전학생인 유리는 맨 마지막이었다. 소희는 자리로 돌아와 유리가 몸을 푸는 모습을 보았다. 유리는 공부도 뛰어났고 예체능에서도 못하는 과목이 없었다. 유리가 반에서 인기를 끄는 건, 그렇게 뭐든 잘하는 능력 때문이기도 했다. 유리는 구름판까지 가볍게 달렸다.

그때였다.

소희는 똑똑히 보았다. 유리가 구름판에 발을 굴렀

을 때 갑자기 누군가 발목을 잡은 것처럼 그 몸이 확 꺾이는 것을. 반동을 이기지 못하고 유리의 몸은 뜀틀 쪽으로 그대로 쓰러졌다. 뜀틀 모서리에 유리의 다리가 '퍽' 하고 부딪히는 소리가 났다.

아이들 사이에서 '어' 하는 탄성이 들렸다. 다들 무척 놀란 모양이었다. 유리는 잠시 엎어져 일어나지 못했다. 놀란 선생님이 유리에게로 달려갔다.

"유리야!"

유리는 살짝 찡그리며 고개를 들었다. 괴로워하는 얼굴이었다. 선생님은 반장에게 반을 부탁한 뒤 유리를 데리고 자리를 떴다. 아이들이 웅성거렸다.

"그저께도 그러더니 또 다쳤네."

"그러게, 왜 저래?"

"근데 방금 봤냐?"

"뭐?"

"유리가 뛰어가는데 누가 잡는 것 같더라고. 확 잡으면서 꺾인 것 같아."

"말도 안 되는 소리 하지 마."

아이들의 말을 듣자 소희는 숨이 멎는 것 같았다.

저주가 효력을 보인 게 분명했다.

유리는 한 시간 가까이 보건실에 누워 있다 다시 들어왔다. 선생님은 조퇴를 하라고 했지만 한사코 거절한 모양이었다. 겉으로는 평소처럼 행동하기는 했어도, 유리의 상태가 좋지 않다는 건 바로 알 수 있었다. 화장실에 갈 때 다리를 저는 유리를 소희는 곁눈질로 훔쳐보았다.

점심시간, 소희는 밥도 먹지 않고 평소처럼 운동장 구석 동상 뒤에 앉았다. 배도 고프지 않았고 입맛도 없었다. 땅을 보며 10분 넘게 손톱을 물어뜯었다. 첫 번째 저주가 우연일지도 모른다고 여겼던 건 이제 변명에 불과했다. 두 번째 저주까지 통했다면, 이건 진짜일 수밖에 없었다.

"뭐 해?"

등 뒤에서 들려온 목소리에 화들짝 놀란 소희는 고개를 돌렸다. 미주였다. 며칠 전처럼 또 이곳까지 일부러 찾아온 듯했다. 소희는 모든 아이와 두루 잘 지냈기에 딱히 사이가 나쁜 친구가 없었지만, 두 사람은 그다지 가깝다고 할 수 없었다. 그날 빗을 훔치는 현장을 들켜 버린 데다 저주 얘기까지 해 버려서 약점을 잡힌 듯한 느낌도 들었다.

소희는 미주가 무슨 말을 할지 짐작이 갔다.

"그거 때문에 고민하는 거지?"

미주의 말에 소희는 고개를 끄덕였다.

"혹시나 했는데, 오늘 또 다친 거 보니까 역시 진짜인 것 같아."

"한 번으로 끝나는 거 아니었어? 그저께 미술 시간에 가위질하다가 한 번 다쳤잖아."

"그런 게 아니야."

소희는 머뭇거리다 숨겨 왔던 사실을 얘기하고 말았다.

"사실 나, 한 번 더 했어."

"뭐? 그때 하고 또 했다고?"

"사실은 한번 시작하면 멈출 수 없게 돼 있거든."

"무슨 소리야?"

잠시 머뭇거리다 소희는 미주에게 검은 책에 관한 얘기를 해 주었다. 문구섬에서 그 책을 보았던 것. 그 안에 쓰인 내용과 몇 차례의 비밀스러운 의식들. 자신도 모르게 두 번째 저주까지 해 버린 상황에 대해서. 호기심 어린 눈길로 소희의 이야기를 듣던 미주의 얼굴이 점점 굳어 갔다.

"진짜 미쳤구나, 너."

"나도 알아. 이럴 생각까지는 아니었어."

"너, 유리랑 무슨 일 있었는지 모르겠지만, 이러는 거 아니야. 멈추는 방법 없어?"

"있긴 해. 저주 대상한테 사과하고 용서를 빌면 되나 봐."

"그럼 그렇게 하면 되잖아."

아무렇지 않게 말하는 미주를 보니 무언가 서운한 마음이 들었다.

"그게 그렇게 쉽겠어? 내가 갑자기 가서 미안하다고 하면, 걔가 날 어떻게 보겠냐고."

잠시 말이 끊겼다. 미주도 이 상황이 단순하지 않다는 걸 느낀 듯했다.

"그럼, 계속할 거야?"

소희는 고개를 저었다.

"모르겠어. 그만둬야 하는 건 아는데, 지금은, 잘 모르겠어."

미주는 질린다는 얼굴로 소희를 보았다. 소희는 차마 그 눈을 마주 볼 수 없었다.

선생님은 조퇴를 몇 번이나 권했지만, 유리는 끝내 자리를 뜨지 않았다. 이미 학예회는 2주 앞으로 다가온 상태였다. 배역을 대신할 수 있는 사람이 없는 상태에서 주인공이 빠지면 연습에 지장이 있는 건 사실이었다. 그날은 처음으로 의상이 나오는 날이라 더욱 중요했고, 누구도 유리의 고집을 꺾을 수 없었다.

의상을 담당한 윤미가 옷을 나눠 주었다. 원래는 인터넷에서 단체로 대여할 계획이었지만, 윤미는 한복집을 하는 친척에게 부탁해 훨씬 싼 가격으로 의상을 마련했다고 했다. 아이들은 하나같이 옷을 받아 들고 감탄했다. 10분 조금 넘는 학예회 연극을 위한 의상치고는 생각보다 너무 좋았다. 한번 쓰고 버리기에는 아까울 정도였다.

"옷이 너무 잘 나온 거 아니야?"

난쟁이 의상을 확인하던 아이가 고깔모자를 앞뒤로 쓰며 싱글거렸다. 소희도 자신의 의상을 몸에 둘러 보았다. 치수를 재어서 맞춘 옷이 아닌데도 왕비의 로브는 매끄럽게 소희의 몸에 잘 맞았다.

무엇보다 시선을 끈 건 유리의 의상이었다. 유리가 옷을 펼치는 순간, 여자아이들 사이에서 작은 탄성이 터져 나왔다. 하늘하늘한 소매와 리본 장식. 이걸 입은 유리는 정말로 만화 속 주인공 같을 터였다.

"우리 옷 갈아입어야 하니까, 너희들 빨리 나가."

의상 담당인 윤미가 남자애들을 내보냈다. 옷을 갈

아입던 도중, 여자아이 한 명이 크게 소리를 쳤다.

"어머, 유리야!"

모두의 시선이 유리에게 쏠렸다. 유리의 허벅지는 시커멓게 멍이 들어 있었다. 보기보다 많이 다친 모양이었다.

아이들이 순식간에 모여들었다.

"유리야, 너 정말 괜찮아?"

걱정스러워하는 아이들의 말에 유리는 살짝 웃었다.

"정말 괜찮아. 보기에만 이렇고 안 아프다니까?"

그럴 리가 없었다. 저 정도 상처라면 제대로 걷기도 쉽지 않을 것이다. 걱정스러운 척하며 아이들 사이에서 유리를 바라보던 소희의 등줄기에 땀이 흘렀다.

"아무렇지도 않아. 계속 이러니까 민망하잖아."

유리가 쑥스러운 듯 웃으며 손을 내젓자 아이들은 더 이상 뭐라고 하지 못했다.

공주 의상을 입은 유리는 눈부시게 예뻤다. 교실에서 간단한 연기를 할 뿐인데도 정말 동화 속 주인공처럼 보였다. 하지만 소희에게는 그 아름다운 겉모습 너머로 유리가 서서히 썩어 들어가는 것처럼 느껴졌. 어른거리는 그림자 속에서 치마 아래 유리의 검은 멍이 점점 더 크게 번져 갔다.

마침 그날은 소품으로 진짜 사과가 준비되어 있었다. 한 아이가 간식으로 가져온 사과를 소품으로 쓰기로 한 것이다. 소희는 늙은 할머니처럼 목소리를 바꾸며, 바구니 속 사과를 들고 문을 두드리는 시늉을 했다.

 똑똑똑.

 "아니, 이런 대낮에 누구지?"

 "물건 사세요. 좋은 물건이 있어요."

 "저는 괜찮아요. 아무것도 안 필요하니까, 그냥 돌아가세요."

 한 번은 머리빗으로, 한 번은 허리띠로. 이미 왕비는 공주를 두 번 죽이려 했다. 사과는 잇따라 실패를 한 왕비가 한참을 공들여 만들어 낸 비장의 무기였다.

 "잠깐이면 돼요. 늙은 할미가 여기까지 찾아왔는데. 그럼 얼굴만 조금 보여 주시면 안 될까요?"

 유리는 한참을 망설이다 문을 여는 연기를 했다.

 소희는 그 사이로 얼굴을 들이밀고는 밉살스럽게 웃었다.

 "아름다운 아가씨네. 이렇게 아름다운 아가씨를 보니 내가 사과를 그냥 주고 싶어져요. 아가씨 얼굴처럼 빨갛고 탐스러운 사과야."

 소희가 바구니에서 사과를 꺼내자 유리는 손을 내저

었다.

"괜찮아요. 아무것도 안 받아도 돼요."

"그냥 맛만 보시구랴. 정 의심스러우면, 나랑 나누어 먹읍시다."

소희는 바구니에서 꺼낸 사과를 한 입 깨물었다. 달콤한 과즙이 입안 가득 퍼졌다. 반쪽은 독이 발라져 있고 나머지 반쪽은 그렇지 않다는 설정이었다. 멍청한 공주는 왕비에게 두 번이나 속았으면서도 그 말을 또 믿었다.

"자, 어서 맛봐요. 맛있다니까?"

소희는 유리에게 사과를 내밀었다. 그 사과 위에, 수십 개의 구멍이 뚫려 종이가 촘촘히 박혀 있는 페트병 안의 사과가 겹쳐졌다.

"저, 그럼 조금만 먹어 볼까요."

유리는 떨리는 손으로 사과를 받았다. 그 사과를 한 입 베어 물고 이상한 표정을 짓던 공주 유리는 이내 쓰러지고 말았다. 쓰러진 유리를 보며 완전한 승리를 확인한 소희는 표독스러운 목소리로 웃었다.

"이제 내가 가장 아름다운 사람이 되었군. 누구도 내 위에 올라설 수 없어."

교실에 앙칼진 웃음소리가 끝없이 울려 퍼졌다. 소

희는 그것이 자신의 목소리가 아닌 것처럼 느껴졌다.

6.

저주는 걷잡을 수 없었다. 두 번째 저주가 끝나자, 소희는 아무런 망설임 없이 세 번째 저주를 준비했다. 이제는 처음처럼 머뭇거리지도 않았다. 이번 의식은 앞선 두 번보다 훨씬 복잡했고, 준비해야 할 것도 많았다.

3회차

†준비물
짚 인형, 양초, 저주하고 싶은 대상의 손톱이나 머리카락, 소복, 작은 거울, 대못, 망치

†방법
1. 짚 인형에 저주 대상의 손톱을 넣고 이름을 붙인다.
2. 소복을 입고 새벽 한 시가 될 때까지 기다린다.
3. 목에 거울을 건다.
4. 양초를 켠다.
5. 시간이 되면 마른 나무에 짚 인형을 대고 못을 박는다.
6. 저주 대상의 얼굴을 생각하며 그의 이름을 외친다.
7. 의식이 끝나면 저주에 사용된 도구들을 누구도 보지 못하는

장소에 놓아둔다.

여러모로 까다로운 의식이었다. 새벽 한 시라는 시간도 문제였지만, 특히 곤란한 건 짚 인형과 소복이었다. 짚 인형이라는 건 소희가 실제로는 한 번도 본 적 없는 물건이었다. 줄곧 도시에서만 살아왔던 터라, 짚이라는 재료 자체가 낯설었다. 설마 이런 데서 막히게 될 줄이야. '짚 인형'이라고 정확히 쓰여 있는 이상, 앞선 의식들처럼 대용품을 쓸 수도 없었다.

어떻게 해야 할지 막막하던 끝에, 혹시나 하는 마음으로 포털 사이트를 검색해 본 소희는 깜짝 놀랐다. 정말로 인터넷에서 짚 인형을 팔고 있었던 것이다. 견본 사진 속 그 인형은 정말로 저주에 쓰일 법하게 만들어진 물건이었다. 더욱 소희를 당황하게 했던 건 상품 설명에 인형의 가슴을 바늘로 찌르는 사진까지 '사용법'으로 올라와 있다는 사실이었다. 그 아래에는 '미워하는 직장 상사나 친구들을 이걸로 저주하세요.' 하고 쓰여 있었다.

'아니, 세상에 이런 것도 파나?'

놀라워하며 소희는 소복을 검색해 보았다. 역시나 온라인에서는 소복도 쉽게 구할 수 있었다. 두 개를 합한 가격은 3만 5천 원 정도. 소희의 용돈으로는 부담스럽지 않은 금액이었다. 어설픈 건 상관없었지만 이런 물건들만큼은 다른 걸로 대체할 수 없었다.

주문할 때 택배 받는 곳은 집 앞 편의점으로 정해 두었다. 혹시라도 저런 이상한 물건들을 구입했다는 걸 부모님께 들키면 큰일이었다. 유리가 그렇게 크게 다쳤는데도, 다음 의식을 준비하고 있는 자신의 모습이 문득 낯설게 느껴졌다. 아마도 이때가 저주를 멈출 마지막 기회였는지도 모른다.

소희는 그런 사실조차도 깨닫지 못했다.

짚 인형과 소복은 같은 날에 도착했다. 물건이 오자마자 소희는 바로 준비에 들어갔다. 두 번째 저주를 치른 지 사흘, 유리가 다친 지 이틀이 지났고, 다음 의식은 새벽 한 시에 해야 했기에 일요일 밤부터 차근차근 움직여야 했다.

머리카락은 예전에 훔친 유리의 머리빗에 충분히 남아 있었다. 손거울엔 구멍을 뚫어 실을 달았고, 망치와 대못은 집 안에 있는 공구함에서 슬쩍 가지고 왔다. 준비물을 책상 위에 차례로 늘어놓고 소희는 시간이 가기만을 기다렸다. 평소 열 시쯤 잠드는 습관 때문에 새벽까지 깨어 있는 건 버거운 일이었지만, 혹시라도 시간을 놓칠까 봐 눈을 붙일 엄두도 내지 못했다. 기회는 단 한 번뿐이었다.

얼마나 지났을까.

소희는 눈을 떴다. 깜빡 졸았던 모양이었다. 시계는 어느새 자정을 넘어 12시 45분을 가리키고 있었다. 소희는 준비물을 챙겨 쇼핑백에 넣고 나갈 채비를 했다. 책에 적힌 '마른 나무'가 정확히 무엇을 뜻하는지는 알 수 없었지만, 적어도 집 안에는 없다고 판단한 이상 밖으로 나갈 수밖에 없었다.

소희는 방문을 열고 가족들의 눈치를 살폈다. 혹시라도 이 시간에 나간다는 걸 들키면 큰일이었다. 부모님과 오빠는 모두 잠들어 있다. 조용히 문을 나서려 할 때 안방 쪽에서 문 여는 소리가 들렸다. 소희는 재빨리 문 뒤로 숨었다.

아빠였다. 아빠는 머리를 긁적이더니 냉장고에서 물을 꺼내 마시고는 다시 안방으로 들어갔다. 가슴을 쓸어내리며 소희는 현관문을 열고 나섰다. 시내에서 약간 벗어나 있는 소희네 아파트는 뒤쪽으로 가면 나무가 많았다. 소희는 아파트 계단을 내려와 밖을 살폈다. 아무도 없는 것 같았다. 맞은편 가로등만이 희미하게 빛났다.

이 시간에 혼자서 밖에 나오는 건 처음이었다. 10월의 밤은 생각보다 으슬으슬하고 추웠다. 얇은 티셔츠를 입고 나온 소희는 밤바람의 차가운 기운에 몸을 떨었다. 사방에서 풀벌레 우는 소리가 났다. 어둠 속 어딘가에서 누군가 확 튀어나올 것만 같았다.

소희는 주위를 살피며 놀이터 뒤로 갔다. 울타리를 따라 벚나무가 안쪽까지 늘어서 있었다. 이것들이 마른 나무일 거라는 보장은 없었다. 어두워서 나뭇결이 어떤지 잘 보이지도 않았다. 소희는 그중 하나를 골랐다. 이어서 준비물을 하나씩 꺼냈다. 우선 양초를 꺼내 나무 앞에 꽂았다. 그리고 라이터로 불을 붙였다. 단번에 어두웠던 주위가 환해졌다.

그리고 소복을 꺼내 입었다. 인터넷에서 구입한 소복은 딱히 사이즈가 정해져 있지 않은 탓에 어른 키에 맞춰져 있어 소희가 입기에 컸다. 바닥에 옷자락이 그대로 끌렸다. 거울을 들자 소복을 입고 머리를 풀어헤친 자신의 모습이 보였다. 귀신 같은 얼굴이었다.

실을 단 거울을 목에 건 소희는 짚 인형을 꺼냈다. 그 까슬까슬한 촉감이 섬뜩하게 와 닿았다. 소희는 침을 한번 삼키고 인형을 들어 눈앞의 나무에 댔다. 이미 그 안에 유리의 머리카락을 넣어 놓은 상태였다. 이제 이 인형은 유리였다. 그렇게 생각하며 소희는 인형의 가슴에 대못을 대고 망치로 박기 시작했다. '쿵, 쿵' 하는 소리가 났다. 인형을 보며 소희는 유리의 이름을 외쳤다.

"손유리! 손유리!"

책에는 몇 번을 쳐야 하는지 나와 있지 않았다. 그저 '치라'고만 했을 뿐. 소희는 있는 힘껏 열 번쯤을 쳤다. 못이 인형의 가슴에 깊숙하게 박힌 걸 보고서야 소희는 망치를 놓았다. 숨이 턱까지 차올랐다.

인형을 계속 노려보다 기운이 빠진 소희는 놀이터의 벤치에서 잠시 쉬었다. 세 번째 의식에서 어느 때보다 힘을 많이 쓴 느낌이었다. 고개를 숙이자 소복에 둘러싸인 무릎이 보였다. 헛웃음이 나왔다. 이런 내가 귀신 아닐까. 왜 멈출 수 없는 걸까. 자신이 무얼 하고 있는지도 알 수 없었다.

한참을 앉아 있던 소희는 소복을 벗고 물건들을 챙겼다. 못이 나무에서 빠지지 않아 그냥 짚 인형만 당겨서 잡아 뺐다. 계속 머릿속에서 '쿵, 쿵' 하는 망치 소리가 울리는 것 같았다. 그 소리를 지우려 애쓰며 소희는 놀이터를 벗어나 집으로 걸었다. 통로에 발소리가 들리지 않도록 조용히 계단을 올랐다.

쿵. 쿵.

발걸음을 옮길 때마다 망치 소리가 선명하게 들렸다. 컴컴한 통로 속에서 누군가 불쑥 망치를 들고 나타나 자신의 가슴에 못을 박을 것 같았다. 2층까지 가는 계단이 몇 배는 긴 듯한 느낌이었다. 소희는 두려운 마음을 억누르며 조심스레 현관문을 열었다. 그리고 살짝 집 안으로 들어섰다.

쿵.

안쪽에서 또 한 번 소리가 났다. 소희는 그대로 얼어붙었다. 안방 문이 열리는 소리였다.

"소희야!"

거실 쪽으로 엄마가 걸어 나왔다. 소희는 저도 모르게 들고 있던 쇼핑백을 떨어뜨렸다. 엄마는 두 눈을 크게 뜨고 멈춰 섰다. 초등학생인 딸이 이 시간에 밖에 나갈 거라고는 꿈에도 생각지 못했을 터였다.

"엄마……."

"너 어디 갔다 오는 거야?"

엄마가 다가오며 믿을 수 없다는 얼굴로 물었다. 소희는 급하게 얼버무렸다.

"나, 잠이 안 와서 밖에 바람 좀 쐬려고."

"정신 나간 거 아니야? 어린애가 이 시간에 어딜 돌

아다녀?"

"……."

"너, 거기 들고 있던 건 뭐야?"

엄마가 쇼핑백을 손으로 가리키자 소희는 급하게 둘러댔다.

"이거 밖에서 주웠어. 누가 버리고 갔더라고."

"그런 걸 들고 들어오면 어떡해? 이리 줘 봐."

엄마는 쇼핑백을 가로채려 했다. 소희는 뒤로 물러서며 소리를 꽥 질렀다.

"하지 마! 잠 안 오면 밖에 나갔다 올 수도 있지 왜 그래? 엄마는 하고 싶은 대로 다 하면서, 나한테는 왜 그리 간섭이 많아. 내가 얼마나 갑갑한지 알기나 해?"

말도 안 되는 소리였다. 소희는 엄마에게 평소에 섭섭한 적이 거의 없었다. 혹시라도 소희가 못 가지는 게 있을까 봐 항상 신경 써 주는 엄마였다. 그래도 쇼핑백의 내용물을 보여 주기는 죽기보다 싫었다.

두 사람이 다투는 소리를 듣고 아빠와 오빠가 문을 열고 나왔다. 한밤중에 난동을 부려 집안사람을 다 깨운 셈이었다. 창피해서 쥐구멍에라도 숨고 싶었다.

"제발 나 좀 그만 건드리라고!"

소희는 엄마를 보고 크게 소리치며 자기 방으로 들

어가 문을 쾅 하고 닫았다. 이게 얼마나 부끄러운 일인지 스스로도 알고 있었다. 어쩌다 이런 상황에 처하게 됐는지 몰랐다. 그날 소희는 침대에 엎드려 밤새 울었다. 머릿속에 '쿵, 쿵' 하는 망치 소리가 계속 맴돌았다.

7.

학교에서는 이제 유리의 모습밖에 보이지 않았다. 마치 주위가 뿌옇게 된 것처럼 다른 사람들은 희미해져 있었다. 겉으로는 친구들과 아무렇지 않은 척 이야기했지만 사실은 무슨 말을 하고 있는지도 잘 모를 지경이었다. 유리가 뭘 하는지, 언제 유리에게 불행이 닥치는지. 그것만 신경 쓰고 있었다.

미주가 쉬는 시간에 말을 걸었다.

"너, 아직도 그거 하는 거야?"

소희는 살짝 고개를 끄덕였다. 미주는 눈살을 찌푸렸다.

"그럼 이번에도 했어?"

"응."

미주는 주위를 살피며 목소리를 낮추었다.

"그만두는 게 좋지 않을까? 지금이라도 유리한테 사

과해. 안 늦었잖아."

"여기서 이런 얘기 하지 마. 누가 들으면 어떡하려고 그래?"

미주의 오지랖에 소희는 짜증이 났다. 애들도 많은데 이런 얘기를 대놓고 하다니. 애초에 둘은 별로 친한 사이도 아니었다. 그때 소희의 비밀을 알게 된 후 미주는 자기 일이라도 되는 것처럼 간섭하려고 했다.

존재감 없는 아이들의 특징이라는 생각도 들었다. 미주는 학교에서도 있는 듯 마는 듯했고, 아이들 사이에서 언급될 일이 거의 없었다. 유리나 자신처럼 주목받는 아이들과는 애초에 세계가 달랐다. 그런데도 자꾸 말을 보태고 끼어드는 모습이 안쓰럽고 우스웠다.

'어차피 끝나면 볼 일도 없어.'

저주를 마무리하면 철저하게 무시를 해야겠다고 마음먹었다. 증거도 없는 일을 미주가 떠들고 다녀 봐야 아이들이 믿어줄 리가 없었다.

지난번과 달리 세 번째 저주는 좀처럼 나타나지 않았다. 하루, 이틀이 지나도 유리에게는 변화가 없었다. 언제 어떻게 유리에게 불행이 닥칠지 몰라 소희는 온종일 예민하게 긴장해 있었다. 수업은 아예 귀에 들어오지 않았다. 유리의 얼굴만 보이고 유리의 목소리만

들렸다. 그날 밤 소희는 유리가 거대한 구멍에 빠지는 꿈을 꾸었다.

세 번째 의식을 치른 지 사흘째 되는 날이었다. 지금까지의 경험으로는 이날에 저주의 효력이 나타나야 했다. 다음 날이 될 수도 있었으나 아직 그런 적은 없었다.

소희는 평소보다 일찍 나와 유리를 기다렸다. 혹시 나오지 않는 것 아닐까. 그 전에 불행한 일이 먼저 닥쳤을까. 두 번의 사고는 마침 소희의 눈앞에서 일어났지만 소희가 보지 않는 곳에서 그런 일이 벌어지지 말라는 법은 없었다.

그런 소희의 생각과는 달리 유리는 변함없는 모습으로 교실에 들어왔다. 활짝 웃는 모습도 여전했다. 별일이 없는 것 같았다.

수업 내내 소희는 맨 끝자리의 유리를 곁눈질로 계속 지켜보았다.

정말 아무런 일도 일어나지 않는 걸까.

지난 두 번의 사고는 어쩌면 단순한 우연일지도 몰랐다. 유리가 다친 건, 정말로 소희가 저주했기 때문이 아니라 그냥 안 좋은 일이 겹친 것일 수도 있었다. 그 책이 실제 효력을 갖고 있다는 증거는 오로지 두 번의 의식 후에 유리가 가볍게 다쳤다는 것뿐이었다. 전부 착각이었고, 아무 상관 없는 일들에 괜한 의미를 담아 스스로 속이고 있었던 건 아닐까. 공작 시간에 손을 베고, 체육 시간에 넘어지는 것 정도는 소희에게도 자주 일어나는 일이었다.

마음이 한결 착잡해졌다. 그런 수단에 매달리고 있는 자신이 비참했다.

수업이 끝날 때까지 유리에게는 아무런 일도 일어나지 않았다. 피가 마를 지경이었다. 내일 일어나는 게 아닐까. 내일은 4회차 저주를 해야 했고 이미 준비를 마쳐 놓았다. 세 번째 저주가 일어나지 않는다면 4회차는 의미가 없었다.

수업이 끝나고 시민 회관으로 가는 길에도 소희의 머릿속은 그 생각으로 가득했다. 그동안 학예회는 늘 학교에서 열렸지만 이번에는 달랐다. 새로 지어진 시민 회관 준공을 기념해, 올해는 무대가 거기로 정해진 것이다. 오늘은 그 현장에서 하는 첫 연습이었다. 발표일까지는 겨우 일주일, 무엇보다 중요한 리허설이었다.

시민 회관 안으로 들어서자 아이들 입에서 탄성이 흘러나왔다. 소희는 이전에도 몇 번 여기 와 본 적이 있었지만 공사 전과는 완전히 다른 모습이었다. 낡고 어수선했던 예전 분위기는 온데간데없었고, 무대와 객석, 조명까지 갖춘 진짜 공연장이 되어 있었다. 이미 5학년 아이들이 연습하고 있었다. 학예회는 이틀에 걸쳐 진행될 예정이었다. 첫째 날은 저학년, 둘째 날은 고학년 차례였다.

이런 무대에서 공연을 한다고 생각하니 소희의 가슴이 설레었다. 한편으로는 백설 공주를 맡지 못해 아쉬웠다. 다른 반 아이들은 합창이나 코미디, 댄스를 준비했다. 6학년 중에 연극은 소희네 반이 유일했고, 공연 시간도 두세 배는 길었다.

연습이 시작되었다. 너른 무대에서 유리의 연기는 더욱 돋보였다. 그 하늘하늘하고 아름다운 움직임을 보느라 끝난 뒤에도 집에 가지 않는 아이들이 있을 정도였다. 그런 유리 앞에서 합을 맞추는 게 뭔가 초라하게 느껴졌다. 저주가 일어나지 않는다고 생각하니 허전하고 슬펐다. 그렇게 물건까지 따로 준비해 가며 난리를 쳤는데. 헛고생이라 생각하니 견딜 수 없었다.

소희가 저주의 효력을 확인하게 된 건 잠시 후였다.

연극은 가장 중요한 장면에 들어섰다. 독이 든 사과를 주고받는 순간이었다. 두 사람은 한껏 몰입해 있었다. 소희가 유리에게 사과를 내밀자, 유리는 잠시 망설이다 그것을 받아 들고 한 입 베어 물었다. 그리고 눈을 감고 무대 위로 쓰러졌다.

"이제 내가 가장 아름다운 사람이 되었군. 누구도 내 위에 올라설 수 없어."

허리에 손을 올리고 소희는 포악스럽게 웃었다. 완전한 승리를 확인하는 부분은 가장 연기력이 필요한 대목이었다. 시민 회관에서 하는 첫 연습이라 소희는 힘을 아끼지 않았다. 이때 목소리를 조금 작게 냈더라면 소희는 그 소리를 들었을지도 몰랐다.

아이들이 '어어' 하며 놀라는 소리를.

하지만 소희는 듣지 못했다. 오로지 연기에 심취해 있었다. 조명 불빛을 한껏 받으며 웃고 있을 때 소희는 무언가가 자신을 확 덮치고 있다는 것을 알았다. 낌새를 느끼고 뒤돌아보려 하는 순간 소희의 몸이 갑자기 옆으로 풀썩 넘어졌다.

쓰러진 소희는 앞을 보았다. 믿을 수 없는 광경이 펼쳐져 있었다.

커다란 사다리 밑에 유리가 깔려 신음하고 있었다.

소희는 그 순간을 잘 기억하지 못했다. 그냥 비명을

마구 지른 것만 생각났다. 드문드문 자신에게 달려오는 선생님의 모습, 실려 나가던 유리의 모습, 선생님의 차 뒤에 앉아 있던 자신의 모습이 떠올랐다. 정신을 차리자 병원이었다. 주위를 둘러보니 응급실인 듯했다. 선생님이 소희를 보고 있었다.

"소희야! 소희야, 괜찮아?"

고개를 끄덕이자 선생님은 한숨을 내쉬었다. 얼마나 놀랐는지 얼굴이 새파랗게 질려 있었다. 소희는 자신의 몸을 살펴보았다. 딱히 다친 곳은 없어 보였다.

퍼뜩 유리가 생각났다.

"유리는요?"

"유리는 지금 검사받고 있어. 어머니 좀 있으면 오실 거야."

"검사라니요?"

"좀 많이 다쳤어. 그렇게 심각한 정도는 아니고, 사진 찍고 이것저것 하는 거야."

소희는 아무런 말도 할 수가 없었다.

나중에 선생님에게 들은 이야기와 소희가 짐작했던 내용은 거의 같았다. 연기를 하던 중, 무대에 놓인 사다리가 소희 쪽으로 쓰러졌다고 했다. 너무 급하게 일어난 일이라 사다리가 넘어가는 걸 보면서도 아무도 손을 쓰지 못했다. 그때 쓰러진 연기를 하던 유리가 재빨리 일어나 소희를 밀쳤다. 그 덕분에 소희는 다치지 않았지만 소희를 구하느라 미처 피하지 못한 유리가 사다리에 깔리고 말았다.

그 말을 듣자 아무런 생각도 나지 않았다.

유리가 나를 구하다 다쳤다.

아무리 생각해도 저주가 실현된 것이 맞았다. 하지만 이런 식으로 이루어질 거라고는 꿈에도 생각하지 못했다. 유리가 골탕 먹기를 바랐을 뿐인데 나를 구하다 다치다니. 검은 책에는 그런 건 나와 있지 않았다.

"유리가 병원 오면서도 너 걱정했어. 다친 애는 정신이 말짱한데 안 다친 애가 왜 그렇게 놀라니?"

가슴이 턱 하고 막히는 것 같았다. 대체 어떻게 해야 할지 알 수 없었다. 모든 것은 소희가 벌인 일이었다. 그 저주 때문에 유리가 자신을 구하다 다친 것이었다.

"손유리 보호자 분."

간호사가 보호자를 찾자 선생님은 간호사와 함께 따라 나갔다. 소희는 혼자 남아 있었다. 일단 엄마에게 전화했다. 엄마는 굉장히 놀란 목소리로 지금 가는 중이라고 했다.

"아니야, 괜찮아. 오지 마."

"다 왔어. 지금 무슨 소리야."

"오지 말라니까? 나 정말 괜찮아. 엄마 오면 나 미안해서 미쳐 버릴 거야."

소희는 그렇게 말하고 전화를 끊었다. 이 상황이 너무 부끄러워 쥐구멍에라도 숨고 싶었다. 유리는 어떻게 되었을까. 잠깐 휴대폰을 만지작거리며 병원 로비를 서성였다. 그때 엘리베이터의 문이 열리고 선생님이 내렸다. 선생님은 유리가 수속을 밟고 입원을 할 거라고 알려 주었다.

"유리 보고 갈래? 유리가 너 보고 싶어 해."

소희는 선생님을 뒤따랐다. 유리의 병실은 3층 안쪽에 있었다. 병원 복도를 가로질러 모퉁이를 돌자 환자복을 입고 침대에 누워 있는 유리가 보였다. 그 모습을 보자 눈물이 왈칵 솟았다.

"유리야!"

유리는 소희를 보고 힘없이 웃음을 지어 보였다. 가뜩이나 하얀 얼굴이 더 창백해 보였다. 유리는 오히려 소희를 걱정해 주고 있었다.

"소희야 괜찮아? 너 갑자기 기절해서 오는 길에 얼마나 놀랐는데……."

"나 괜찮아. 아무 데도 다친 데 없어. 그것보다

너……."

유리의 모습을 보자 말이 나오지 않았다. 가슴에서부터 뜨거운 게 올라왔다. 눈물이 끝없이 쏟아졌다. 자신이 얼마나 나쁜 짓을 했는지 실감이 났다. 소희가 생각하는 것보다도 유리는 훨씬 착한 아이였다. 이런 친구를 대상으로 말도 못 할 열등감과 질투심에 휩싸여 그런 일을 벌였다고 생각하니 눈물이 멈추지 않았다.

"왜 그렇게 울어. 나 괜찮아. 며칠 입원하면 된대. 누가 보면 죽을병이라도 걸린 줄 알겠네."

소희는 계속 고개를 숙이고 있었다. 도저히 유리의 눈을 마주할 자신이 없었다. 얼마나 무서운 행동을 했는지 깨닫자 뼈저린 후회가 밀려왔다.

"유리야 미안해."

"뭐가 미안해. 너 나한테 미안할 거 하나도 없어."

내가 질투심에 너를 저주했어. 네가 진심으로 잘못되길 바랐어. 그렇게 소희는 속으로 되뇌고 또 되뇌었다.

"내가 정말 잘못했어. 시기심에 너한테 나쁜 짓을 했어. 진심으로 사과할게."

"무슨 사과를 해. 이러지 마."

유리는 무턱대고 고개를 숙이는 소희를 말리며 난처

해했다.

"이러면 내가 더 미안해지잖아."

유리는 소희의 손을 잡고 따뜻하게 웃었다.

그 모습을 보자 막혔던 숨이 확 트이는 것 같았다. 그날 저녁 유리 부모님이 오실 때까지 소희는 한참을 유리와 함께 있었다.

소희가 문을 열고 들어오자 엄마는 놀란 얼굴로 소희를 맞았다.

"소희야, 너 괜찮아?"

고개를 끄덕이는 딸을 보며 엄마는 정신없이 소희를 끌어안았다. 그 따뜻한 체온이 그대로 와 닿았다.

"전화 받고 얼마나 놀랐는지 알아? 다친 데 없어?"

엄마의 품에 안겨 있으니 참고 있던 눈물이 또 터져 나왔다. 한참을 그렇게 울면서, 앞으로 다시는 이러지 않으리라고 다짐하고 또 다짐했다.

방에 들어오니 책상에 꽂혀 있는 검은 책이 보였다. 지난 열흘간의 일이 머릿속을 스쳐 갔다. 유리를 저주했던 일. 불행을 바랐던 일. 학교에서 유리가 언제 다칠까 전전긍긍하며 계속 훔쳐보았던 일. 모두 저 책 때문이었다. 소희가 그런 음흉한 마음을 먹고 괴상한 행동을 하게 했던 원인이자 매개였다.

버리자.

태워 없애자.

이미 유리에게 진심으로 사과를 했으니 더 이상의 의식은 필요 없었다. 진작 그랬어야 했는데. 괜히 시간을 끌다 일을 최악으로 만든 셈이었다. 소희는 침대 밑에 숨겨 두었던 저주 도구들을 꺼냈다. 피를 뿌렸던 인형과 바싹 말라 버린 짚 덩어리. 유리병, 망치, 썩어 빠진 사과, 소복 같은 것들을 보자 숨이 막혀 왔다. 자신이 이런 끔찍한 일을 벌였다는 것이 믿기지 않았다.

소희는 커다란 쓰레기봉투를 가져와 그것들을 모두 담았다. 그리고 밖으로 나갔다. 이미 저녁이라 날은 컴컴해져 있었다. 소희는 아파트 맨 뒤쪽 아무도 보지 않는 곳으로 갔다. 그리고 라이터 기름을 뿌리고 불을 붙였다. 눈앞에서 물건들이 확 타올랐다. 검은 책의 표지가 불에 타서 쭈글쭈글해지는 것을 보며 소희는 지난 열흘간의 일을 모두 잊기로 했다.

간만에 소희는 잠을 푹 잤다. 개운한 아침이었다. 지난 열흘 동안은 혼자서 못된 일을 꾸미느라 마음이 늘 무거웠고, 몸도 제대로 버티지 못했다. 오늘은 거짓말처럼 그런 기운들이 사라져 있었다. 그런 어두운 감정들이 얼마나 자신을 갉아먹고 있었는지 생각하니 새삼 소름이 돋았다.

쉬는 날이었지만 소희는 오늘도 유리의 병실을 찾았다. 유리는 소희를 따뜻하게 맞아 주었다. 혹시라도 심심할까 봐 소희는 집에 있는 만화책 열댓 권을 가지고 갔다. 유리는 평소에 만화를 많이 보지 못했다며 내용을 궁금해했다. 소희는 책장을 넘겨 가며 등장인물들에 대해 한참을 설명했다. 유리가 심심하지 않도록 그렇게 몇 시간을 함께 있었다.

기분 좋은 주말을 보내고 소희는 가벼운 마음으로 학교에 갔다. 그래도 교실에 유리가 없으니 허전한 느낌이었다. 지난 열흘 동안 소희는 거의 유리만 바라보며 지냈다. 문득, 자신이 유리를 좋아했을지도 모른다는 생각이 들었다. 유리처럼 되고 싶고, 유리랑 친해지고 싶은데 그렇지 못해서 괜히 질투했던 게 아닐까 싶었다. 유리가 다시 학교에 나오면 진심으로 잘해 줘야겠다고 마음먹었다.

소희의 달라진 모습을 보고 미주는 약간 신기해했다.

"오늘은 괜찮아 보인다? 며칠 동안 기분 안 좋은 거

아니었어?"

"나, 저주 그만하기로 했어."

"정말? 하지 말라고 그렇게 말릴 때는 말 안 듣더니. 유리 다쳐서 마음 바꾼 거야?"

"그래. 이제 안 할 거야. 전부 불태우고 유리한테 사과도 했어."

그 말에 미주는 알 수 없는 얼굴로 미소를 지었다.

"그러게 진작 잘 지내지 그런 마음은 왜 먹었대?"

소희는 속마음을 들킨 것 같아 뭔가 부끄러웠다. 이제 저주 이야기를 꺼낼 일도 없었다. 한 번만 더 이걸로 물어보면 핀잔을 주어야지. 둘만의 비밀도 오늘로 끝이었다.

학예회가 나흘 앞으로 다가왔지만 주연인 유리가 빠져서 연습은 할 수 없었다. 소희는 다른 아이들과 함께 유리의 병실을 다시 찾았다. 반 전체가 돈을 걷어 과일과 음료수도 샀다. 병문안을 온 친구들을 유리는 반갑게 맞았다.

"뭘 이런 것까지 사 오고 그래……."

유리의 얼굴을 보자 새삼 미안해졌다. 몸 상태는 그렇게 심각하지 않은 모양이었다. 한참 이야기를 나누던 유리는 생각지도 못한 얘기를 꺼냈다.

"연극 감독하는 반장이랑 대본 쓴 선아도 있으니까, 여기서 결정하자. 우리 연극해야 되잖아. 나 대신에 소희가 백설 공주 역할 하면 안 될까?"

소희는 당황했다. 유리가 다친 후로 연극에 대해서는 아무런 생각이 없었다.

"왕비 역이 안 중요해서 그러는 게 아니라, 분량이 제일 많은데 너만큼 할 수 있는 사람이 없을 것 같아. 애당초에 소희가 더 잘하는데 왕비 쪽으로 간 거잖아."

소희는 아무런 말도 하지 않았다. 여기서 승낙하기도 난감했다.

"그래. 그렇게 해."

반장이 말했다.

"백설 공주 대타보다는 왕비 대타 쪽이 찾기 쉬우니까. 지금 정말로 백설 공주 할 사람은 없어."

"그럴까?"

소희가 망설이자 아이들은 동의했다.

"왕비 역할은 따로 연습시키지 뭐."

"근데 유리가 무대 못 서서 너무 아깝다. 너희 둘이 그렇게 주인공 하는 게 최고였는데. 이번에 너무 운이 없어."

대본을 쓴 선아는 못내 아쉬워하는 모습이었다.

"이걸로 너희들 힘들게 하는 것 같아서 내가 너무 미안해. 공연 날 꼭 보러 갈게."

"알았어."

소희와 아이들은 고개를 끄덕였다.

소희는 다음 날에도 유리의 병실을 찾았다. 연습 때문에 빠듯했지만 하루에 몇 분이라도 유리를 보아야 마음이 놓였다. 며칠간 소희가 계속 찾아오자 유리는 약간 놀라는 눈치였다. 하지만 늘 그렇듯 친절한 모습으로 소희를 맞아 주었다.

"나 사실 백설 공주 맡았을 때 너무 미안했어."

"그게 무슨 말이야?"

"원래 나는 반에서 소희 네가 제일 괜찮다고 생각했거든. 근데 백설 공주를 내가 해 버리니까, 왠지 너한테 잘못하는 것 같고."

"아니야, 신경 쓸 거 없어."

그 말을 듣자 소희는 죄책감이 들었다.

"그리고 나 겉으로는 표 안 냈는데, 우리 집 그렇게 잘사는 거 아니야."

"……"

"우리 아버지 사업 망해서 이쪽으로 내려온 거야. 부

모님 둘 다 일하시느라 눈코 뜰 새 없어. 절대 애들이 생각하는 것처럼 그런 거 아니야. 그러니까 그때 나 다쳐도 바로 못 오셨잖아. 옷 같은 건 전부 친척 언니들한테 물려받은 거고."

유리는 그동안 한 번도 하지 않았던 속 깊은 말들을 들려주었다. 날이 저물 때까지 이야기를 나누며 소희는 왠지 유리와 가장 친한 친구가 될 수 있을 것 같다는 생각이 들었다.

8.

4회차

† 준비물
검은색 크레파스, 칼, 동전, 종이 상자, 저주 대상의 사진과 소지품 여러 개

† 방법
1. 흰 종이 상자 앞뒤로 저주 대상의 사진을 붙인다.
2. 크레파스로 상자 전체를 시커멓게 칠한다.
3. 피를 내어 바닥에 커다란 원을 그리고 그 위에 상자를 놓는다.
4. 상자를 열고 그 속에 동전을 던진다.

5. 이렇게 말한다. "모든 준비가 끝났으니 그의 영혼을 드립니다."
6. 저주 대상의 소지품을 하나씩 상자에 던진다.
7. 한 번 던질 때마다 "빠져라, 빠져라."라는 말을 반복한다.
8. 의식이 끝나면 저주에 사용된 도구들을 모아 상자에 넣고 봉한다.

 소희는 숲속을 달리고 있었다. 거무죽죽한 나무들 사이로 끝도 없이 뻗은 길이었다. 아무것도 보이지 않는 채로 펼쳐진 어두운 길. 소희는 가족들을 찾았다. 엄마! 아빠! 오빠! 누구도 대답하지 않았다. 눈앞의 어둠이 갈수록 짙어졌다. 마치 자신을 잡아먹을 것 같은 캄캄한 심연이었다. 소희는 그 앞에서 멈춰 섰다. 한 발만 더 디디면 확 빨려 들 것 같았다.

 알 수 없는 무시무시한 것이 그 속에 있는 게 분명했다. 소희는 뒤로 물러섰다. 시커멓고 커다란 손이 그 안에서 조금씩 뻗어 나왔다. 손은 천천히 움직이더니 얼어붙은 소희의 얼굴을 만졌다. 축축한 느낌이 그대로 와 닿았다. 그리고 붉고 기다란 것이 스르르 기어 나와 뱀처럼 소희 주위에서 움직였다. 혀였다. 꿈틀거리는 혀가 소희를 감쌌다. 그리고 발밑에서부터 소희를 파고들었다.

소희는 비명을 지르며 깨어났다.

"왜 그래? 무슨 일이야?"

엄마가 깜짝 놀라 방문을 열었다. 아침이었다. 시계를 보니 알람을 맞춰 놓고도 못 깬 모양이었다. 소희는 아침을 먹으면서도 그 꿈의 감촉을 계속 생각했다. 그런 악몽은 처음이었다. 소희는 그 생생한 느낌에 몸서리를 쳤다.

"어디 아프니? 괜찮아?"

엄마의 말에 소희는 고개를 저었다. 오빠가 핀잔을 주었다.

"연극 그거 너무 열심히 해서 그렇잖아. 학예회 연극을 누가 그렇게 해?"

소희는 밥을 먹는 둥 마는 둥 하고 집을 나섰다. 지난 며칠이 상쾌했던 것과는 달리 오늘은 영 기분이 좋지 않았다. 통학 버스에 올라 창밖을 보고 있으니 좀 진정이 되었다. 그나마 날씨는 화창하고 좋은 편이었다.

소희는 한참 동안 창밖을 보다가 뭔가 이상하다는 걸 느꼈다. 버스가 출발할 때까지만 해도 평소와 다를 게 없었는데, 창밖 풍경이 갈수록 낯설었다. 왠지 밖에 사람들이 별로 다니지 않는 것 같았다. 원래 출근하는 차들과 등굣길 학생들로 북적여야 할 시간이었다. 지나가는 사람도 드물었고, 거리의 모습이 점점 텅 비어 가는 것 같았다.

소희는 무심코 길에 지나가는 사람들의 수를 셌다. 하나, 둘, 셋……

그사이에 버스가 멈췄다. 학교에 가까워지는 것도 모르고 있었다.

고개를 돌려 보자 버스 안에 사람이 하나도 없었다.

언제 다 내린 거지.

기사 아저씨는 멍하니 앞만 보고 있었다. 소희는 무릎에 올려 두었던 가방을 메고 버스에서 내렸다. 학교 앞에도 사람은 거의 없었다. 운동장 쪽으로 드문드문 등교하는 아이들이 보였다. 혹시 휴일인가? 소희는 학교와 가까운 곳에 살던 1학년 때, 개교기념일에 등교했다가 허탕을 치고 돌아온 적이 있었다. 오늘은 그런 날도 아니었다.

6학년 교실이 가까워질수록 무언가 다른 공간으로 들어가는 것 같았다. 건물 계단을 오르는 동안에도 사람들은 거의 보이지 않았다. 복도를 걸으며 다른 교실을 들여다보았다. 그 안은 하나같이 텅 비어 있었다. 개교기념일도 아니고, 통학 버스도 평소처럼 운행되었는데. 분명 처음에는 버스 안에 아이들이 많이 타고 있었는데 이렇게 조용한 건 말이 되지 않았다.

소희는 4반 교실의 문을 열었다. 텅 빈 교실을 보자 숨이 멎을 것 같았다. 어떡하지. 전화를 할까. 휴대폰을 꺼내어 보니 시커멓게 전원이 나가 있었다.

"소희야!"

이름을 부르는 쪽으로 고개를 돌렸다. 교실 문 앞에 반 아이 하나가 서 있었다. 그때 갑자기 소희의 귀에 수돗물이 콸콸 터지듯 주변의 소리가 확 하고 들어왔다. 소희는 주위를 둘러보았다. 교실이 아이들로 가득 차 있었다. 장난을 치고, 수다를 떨고, 분주하게 움직이는. 평소와 다를 바 없는 광경이었다. 눈앞이 꺼졌다가 다시 켜진 것처럼 머리가 얼얼했다.

어떻게 된 걸까. 분명 조금 전까지 아무도 없었는데.

"소희야, 뭐 해? 왜 그렇게 서 있어?"

방금 말을 건 아이가 걱정스러운 모습으로 물었다. 소희는 잠시 멍하니 서 있다 고개를 저었다.

"아, 아니야. 내가 뭘 잘못 봤나 봐."

신경이 예민해져 헛것을 본 모양이었다. 어젯밤 꿈 때문인 걸까. 그러고 보니 왠지 몸에 기운이 없었다. 몸살이라도 심하게 앓은 것처럼 점점 힘이 빠져나가고 있었다.

소희는 애써 수업에 집중하려 했다. 아파서도, 정신을 못 차려서도 안 되는 날이었다. 며칠 전 일 이후로 스스로 마음을 다잡기로 했으니까. 게다가 이틀 뒤면 학예회였다. 백설 공주 역을 할 수 있는 사람은 자신뿐이다. 여기서 쓰러지면 모두가 열심히 준비한 연극을 올릴 수가 없어진다.

둘째 시간까지는 어떻게든 버텼다. 하지만 셋째 시간이 되자 갈수록 기운이 없어져 앉아 있기도 힘들었다. 그저 졸지 않으려 애쓰며 억지로 몸을 바로 세웠다. 시간이 어떻게 흘러가는지도 느껴지지 않았다.

넷째 시간은 체육이었다. 만약 수업이 빠듯하게 짜여 있으면 빠지려고 했지만, 다행히 그날은 자유 시간이었다. 아이들은 섞여서 축구나 피구를 하며 놀았다. 소희는 나무 그늘에 가만히 앉아 쉬었다. 피곤해서인지 갑자기 잠이 쏟아졌다.

잠깐 졸았을까.

눈을 떠 보니, 아직도 아이들은 공놀이를 하고 있었다. 그때 소희 쪽으로 공이 날아왔다. 공은 소희의 머리 위를 넘어가 '퉁' 하고 바닥에 튀었다. 소희는 일어나 뒤로 가서 공을 집었다. 그걸 들고 다시 고개를 들어, 받으러 온 아이를 바라보았다. 그 순간 소희의 머릿속이 하얘졌다.

그 아이에게는 얼굴이 없었다.

눈, 코, 입이 하나도 없이 텅 비어 있는 모습이었다. 소희는 비명을 지르며 공을 놓치고 말았다. 그때 누군가가 소희의 어깨를 두드렸다.

"소희야!"

그 소리와 함께 소희는 잠에서 깨어났다. 여전히 체육 시간이었다. 꿈이었을까.

"소희야! 왜 그래?"

옆에서 친구가 걱정스러운 목소리로 물었다. 숨을 몰아쉬며 소희는 고개를 돌렸다.

눈앞에 있는 친구의 얼굴에 눈, 코, 입이 없었다. 하얀 공처럼 매끈한 얼굴이 소희에게 말했다.

"소희야, 어디 안 좋아? 아프면 보건실에 가서 쉬어."

소희는 비명을 내지르며 뒷걸음질을 쳤다. 그리고 교실까지 한걸음에 뛰었다. 기운이 하나도 없었지만 멈출 수 없었다. 한참을 달려 교실 문을 열었을 때, 소희는 숨이 멎는 듯한 기분을 느꼈다.

누군가 교실에 앉아 있었다.

그것은 사람이 아니었다. 시커먼 안개 같은 몸. 회색으로 뚫려 있는 눈. 연기처럼 피어나는 목덜미 아래로 어슴푸레하게 덩어리진 팔다리가 붙어 있었다. 그 검은 구름 같은 것은 소희를 보더니 자리에서 일어나 천천히 다가왔다. 온몸이 얼어붙어서 움직일 수 없었다. 검은 팔이 천천히 움직여 소희의 어깨를 잡았다. 처음 들어 보는 소리가 귓가에 들려왔다.

세상의 음성이 아니었다.

그것은 소희를 붙잡고 교실 밖으로 끌고 나가려 했다. 그제야 소희는 소리를 쳤다.

"이거 놔!"

"소희야!"

정신이 번쩍 들었다. 주위를 둘러보니 반 아이들이 자신을 보고 있었다. 이미 체육 시간이 끝난 모양이었다. 옷을 갈아입던 아이들 모두 놀란 모습이었다. 소희는 숨을 몰아쉬었다. 온몸에 땀이 비 오듯 흘렀다.

점심시간, 소희는 당번에게 밥을 받아 힘겹게 자리에 앉았다. 입에 밥을 한 숟갈 떠 넣는 순간, 마치 썩은 고기를 씹는 것 같은 역한 냄새가 퍼졌다. 참을 수 없어 그대로 식판 위에 뱉고 말았다. 잔반통에 대충 음식을 버리고 소희는 밖으로 뛰쳐나왔다. 정신을 차릴 수 없었다. 눈앞으로 운동장의 풍경이 어지럽게 돌았다.

소희는 간신히 발걸음을 옮겨 늘 쉬던 자리인 동상

뒤에 주저앉았다.

울고 싶었다. 왜 이러는 걸까. 며칠간 너무 신경을 많이 써서 몸이 약해진 걸까. 조퇴할까. 하지만 연극 연습이 있었다. 자기 때문에 유리가 다쳐 배역까지 바뀌게 됐는데, 자신마저 쓰러지면 사실상 연극은 끝이었다. 한 달 넘게 준비해 온 아이들에게 그럴 순 없었다.

"소희야!"

뒤에서 자신을 부르는 소리가 들렸다. 소희는 고개를 돌렸다. 언제나 그렇듯 소희가 이곳에서 쉰다는 걸 아는 사람은 단 한 명밖에 없었다. 미주였다. 소희의 창백한 모습을 보며 미주는 걱정스러운 얼굴로 다가왔다.

"너 많이 아픈 거 아니야? 오늘 굉장히 안 좋아 보이던데."

"미치겠어. 몸 상태가 정상이 아닌 것 같아. 아침부터 기운도 없고, 이상한 게 자꾸 보이는데, 정신 차려 보려고 해도 되지도 않고."

"선생님께 말씀드려 봐. 아프면 조퇴하고 쉬어야지."

"안 돼. 연극 연습해야 한단 말이야. 유리가 병원에 있는데 나까지 집에 가면 연습은 어떡해?"

미주는 한참 소희를 바라보더니, 고개를 살짝 끄덕

였다.

"하긴, 너는 빠지면 안 되겠다. 너 빠지면 연극 망치는 거잖아."

"그러니까, 나 집에 못 가."

두 사람은 아무 말도 하지 않았다. 잠시 침묵이 흐르고, 미주가 고개를 들어 하늘을 보며 입을 열었다.

"그러게 처음부터 저주 같은 거 안 했으면 좋았을걸."

"많이 후회되고 미안해. 왜 그랬는지 모르겠어."

소희는 한숨을 내쉬었다.

미주는 그 말을 듣자 별 얘기를 다 듣는다는 듯, 황당해하는 얼굴로 눈을 동그랗게 떴다.

"왜 남의 일처럼 얘기를 해? 네가 유리 인기 많고, 예뻐서. 연극 주인공 하는 거 배 아파서 그랬잖아. 샘나고 질투 나서."

"아니, 무슨 소리를 그렇게 해? 네가 우리 사이가 어떤지 어떻게 알아. 나랑 유리랑 무슨 일 있었는지 알지도 못하잖아."

"왜 잡아떼고 그래. 너 유리랑 별로 안 친하잖아. 그냥 미워서 그랬으면서 무슨 이유가 따로 있는 것처럼 거짓말을 해?"

미주가 갑자기 막말에 가까운 말을 쏟아 내자 소희는 귀를 의심했다. 눈치가 없고 주책맞긴 했지만 미주는 그렇게 함부로 아무 말이나 하던 아이는 아니었다. 어쩌면 이게 본심이었을까. 이런 비난을 여기서 듣게 되다니 기가 막혀서 아무 말도 나오지 않았다.

"너 평소에 그렇게 생각했던 거야? 그러면서 내 앞에서 가식 떨었어? 그동안 힘들었겠네. 나 달래 주는 척하느라."

"가식은 네가 떨었지. 네가 유리나 다른 애들 앞에서 떨던 게 가식인데 무슨 다른 소리를 해? 나는 그냥 사실을 있는 대로 말하는 거고 이런 건 그냥 솔직한 거지."

미주의 어조는 점점 비아냥거리는 식으로 변하고 있었다. 누군가에게 이런 소리를 듣고 있다는 게 믿기지가 않았다.

"그래서 내가 계속 하지 말라고 그랬잖아. 저주 그만하라고."

"너 잘난 거 알겠으니까 저주 얘기 그만해. 남 비밀 쥐고 있는 게 그렇게 대단해?"

저주 얘기를 대놓고 꺼내는 걸 보자 화가 치밀었다. 미주는 소희의 비밀을 아는 것을 굉장한 권력처럼 여기고 있었다.

"미주 너, 존재감 없어서 일부러 그러는 거 다 알고 있어. 유리나 나처럼 인기 있는 애한테 빌붙고 싶어서 그러는 거잖아. 존재감 높이려고. 그래 봐야 너 아무도 신경 안 써."

결국 마음속에 숨겨 왔던 말을 하고 말았다. 이렇게 대놓고 다른 사람에게 상처를 주다니. 그런 얘기가 자기 입에서 나왔다는 사실이 믿기지가 않았다.

그 말을 듣자 미주는 너무 웃긴 얘기를 들은 것 같다는 표정을 지었다.

그리고 소희가 꿈에도 생각지 못한 말을 했다.

"나야 당연히 존재감이 없지."

미주는 갑자기 말을 끊었다. 그리고 주위를 살피고서는 목소리를 살짝 낮추며 속삭였다.

"너한테밖에 안 보이니까."

갑자기 소희의 목덜미에 소름이 확 돋았다.

"무슨 소리야?"

"너한테밖에 안 보인다고. 다시 한번 말해 줄까? 김소희. 나, 너한테만 보인다고!"

소희는 미주가 무슨 말을 하는지 이해할 수 없었다. 계속 같이 학교에 다니고, 매일 보던 얼굴인데, 하루 이틀 본 사이가 아닌데. 왜 이 아이는 나에게 이런 말을 하는 걸까.

문득 학교에서 미주를 보았던 기억들이 머릿속을 스쳐 갔다.

난 언제부터 이 아이랑 학교를 다녔을까. 언제 미주를 처음 본 걸까?

기억을 더듬어 보았다. 문득 열흘 전의 일이 떠올랐다.

분명 그때부터였다.

유리의 가방에서 머리빗을 훔칠 때. 그때가 미주를 처음으로 본 순간이었다.

그전에는 미주가 있었던 것이 기억나지 않았다.

그러면 난 왜 이 얼굴을 익숙하다고 생각했던 걸까. 난 왜 이 아이의 이름을 알고 있었을까. 미주는 분명…… 내 앞자리에 앉아 있었는데.

불현듯 교실에서 처음 연극 주인공을 뽑던 기억이 났다. 그때 소희의 앞자리에는 아무도 없었다. 그 때문에 소희는 왕비 역을 맡은 데 속이 상해서 표정 관리를 하느라 애를 먹었다.

힘들었다. 앞자리에 아무도 앉아 있지 않았으니까.

거기에 생각이 미치자 온몸에 오한이 일었다.

그럼 대체 지금 내 앞에 있는 사람은 누구일까.

아니, 사람이 맞긴 한가. 이렇게 태연하게 나를 보고 있는 이것의 정체는 뭘까.

갑자기 소희의 가슴이 심하게 뛰었다.

"너…… 너, 누구야?"

"나?"

미주는 멍한 얼굴을 하며 손가락으로 자신을 가리켰다.

"너 부르고 싶은 대로 부르면 돼. 그 이름 어떻게 지었는지 모르겠지만, 너, 나를 미주라고 생각했잖아. 그럼 미주지. 성씨는 없나? 성도 만들어 줘야지."

"대체 뭐야? 나한테 왜 이래?"

소희의 말에 미주는 웃음을 지었다.

"글쎄, 왜 이러는 것 같아? 내가 너한테 이러는 이유가 뭘까?"

미주의 얼굴이 점점 앞으로 다가왔다.

"잘 생각해 봐. 너 똑똑하잖아. 이럴 만한 이유가 하나밖에 없어."

그 순간 억지로 지웠던 열흘간의 기억이 하나씩 떠올랐다. 소희는 지난 열흘 동안 유리에게 계속 저주를 했다. 문구점에서 구입했던 책으로. 검은 책을 보면서.

"설마…… 책?"

순간 미주의 얼굴에 웃음이 감돌았다.

"기억났네. 맞아. 그래서 이러는 거잖아. 약속 지키라고."

"약속은 무슨 약속?"

"너 책 내용 안 읽어 봤어? 꼼꼼하게 다 읽었잖아. 거기에 뭐라고 나와 있었어?"

소희는 책 내용을 떠올려 보았다. 굵은 글씨로 쓰여 있던 주의 사항이 생각이 났다.

단, 다음 사항을 지켜야 한다.
그렇지 않으면 악마가 당신의 영혼을 빼앗을 것이다.

"너는 책에 나와 있는 사항을 다 지키지 않았으니까, 그 내용대로 되는 거야. 그게 나랑 한 약속이잖이. 닷새 전이 네 번째 저주를 해야 하는 날인데, 안 했으니까."

미주의 얼굴이 기묘한 웃음으로 일그러졌다. 소희의 턱이 덜덜 떨렸다. 도무지 눈 앞에 펼쳐지고 있는 일을 받아들일 수 없었다.

"나…… 나, 사과했어. 유리한테 사과했으니까 저주는 끝나는 거지. 그러니까 네 번째 저주를 할 필요도 없고. 너는 나를 건드리면 안 되는 거야."

소희는 목소리를 가다듬고 반박을 해 보았다. 그러자 미주가 기다렸다는 듯이 활짝 웃었다.

"그럴 줄 알았어. 근데 그걸로는 빠져나갈 수 없어. 책의 준수 사항이 아니니까."

소희는 재빨리 책 내용을 다시 한번 생각했다. 책의 문구들이 생생하게 머릿속에 되살아났다.

의식이 시작되면 저주를 멈출 수 없다. 저주를 풀기 위해서는 저주를 한 상대에게 자신이 저주를 걸었다는 사실을 고백하고 진심으로 용서를 빌어야 한다.

"그, 그럼……"

"맞아. 너는 사과만 하고 고백은 안 했어. 네가 그렇게 저주한 거 유리는 모르잖아."

"……"

"틀렸으니까 이제 끝났지."

터질 것처럼 심장이 뛰었다. 이렇게 끌려갈 수는 없었다. 소희는 어떻게든 저항을 해 보려 했다.

"넌 계속 하지 말라고 그랬잖아. 계속 말렸었잖아. 그러면 왜 그런 거야?"

"그래야 공평하니까. 그렇게 돼 있어."

미주는 재미있어 죽겠다는 듯한 얼굴로 소희를 보며 말했다.

"그리고 이상하게, 다들 하지 말라고 하면 더 하고 싶어 하더라고."

소희의 목이 바짝 말라 왔다. 움직이고 싶었지만 손가락 하나 까딱할 수 없었다.

미주는 자리에서 일어나더니 허공에 원을 그렸다. 그러자 그 손가락을 따라 시커먼 동그라미가 나타났다. 소희는 어렴풋이 그것이 무엇인지 알 수 있었다. 저 동그라미 너머는 분명 이 세상이 아닐 터였다.

미주는 벌벌 떨고 있는 소희의 얼굴을 찬찬히 살피며 말을 이었다.

"어차피 끝났으니까 내가 알려 줄게."

"……."

"애당초 규칙은 두 가지뿐이야. 첫째로 일단 시작하면 나흘에 한 번씩 저주를 해야 하는 거. 그리고 둘째로 저주를 풀기 위해서 고백하고 사과해야 하는 거. 그런데 나흘에 한 번씩 해 봐야 마지막은 같아. 왜냐면……."

미주는 말을 끊더니 나지막하게 속삭였다.

"조건들이 너무 많아. 그걸 지킬 수가 없어. 넌 다 틀렸거든."

"……."

"나무도 마른 나무가 아니고, 동물도 개미 같은 거 주워서 해 왔고. 유리병 대신에 다른 거 쓰고. 못도 그냥 두고 왔고. 소복 입고 못 박을 때도, 아무도 너 못 봤을 거 같지?"

갑자기 미주의 목소리가 높아졌다.

"아무리 한밤중이라도 그렇게 소리 꽥꽥 지르면서 못을 박는데 그걸 누가 못 봤겠어? 그때도 두 명이나 봤었는데! 미친 애가 저러는가 보다 하고 그냥 모른 체 하지!"

미주가 그린 동그라미가 점점 커져 갔다. 미주는 책망하는 듯한 얼굴로 소희에게 말했다.

"아무한테도 들키면 안 된다고 그랬잖아."

"나, 나…… 사과하고 올 거야. 책으로 저주하려고 그랬다고, 유리한테 다 말할 거야."

소희는 끝까지 맞서려 해 보았다. 그리고 자리에서 일어나려 했다. 그렇지만 발이 바닥에서 떨어지지 않았다.

"이제 늦었어. 그때가 유일한 기회였는데, 너 그렇게

펑펑 울며 사과하면서도, 유리 몰래 저주한 건 자존심 때문에 끝까지 얘기 안 했지. 그러면 지금 아무리 붙잡고 빌어 봐야 소용없어."

미주의 얼굴이 갑자기 확 굳었다.

"저주는 계약이야. 내가 너 원하는 거 들어줬잖아. 그러니까 너도 나 원하는 거 들어줘야지."

검은 동그라미는 어느새 사람 하나가 들어갈 수 있을 정도로 커져 있었다. 소희는 몸을 풀기 위해서 안간힘을 썼다. 그러자 몸이 조금씩 움직였다. 최대한 애를 써서 뒷걸음질을 쳐 보았다. 그 모습을 보며 미주는 기쁜 얼굴로 몸을 떨었다.

"이리 와. 함께 가자."

미주의 얼굴이 점점 시커멓게 변했다. 사람의 형상에서 점점 검은 구름 같은 모습으로. 소희는 그 모습을 본 적이 있었다. 소리를 지르고 싶었다. 하지만 목소리가 나오지 않았다. 검은 것이 끝까지 다가와 소희의 팔을 잡아채자 그제야 소리가 조금씩 목으로 새어 나왔다. 목이 트이는 것 같은 느낌이 들자 소희는 있는 힘을 다해 비명을 질렀다.

그러나 소희의 비명을 들어 주는 사람은 아무도 없었다.

손톱자국

초등학교 4학년 때의 일이다.

당시 나는 M시의 신도시 지구 아파트에 살았다. 관공서 이전이 확정된 지역으로, 그때까지만 해도 사람이 많지 않아 지자체에서는 각종 지원 정책을 통해 외부인들의 이주를 장려했다. 아버지의 회사와 가깝다는 이유로 시내에서 월세를 살던 우리 가족은 좀 멀지만 집을 얻을 수 있는 자리로 이사를 가기로 했다.

그렇게 형성된 지역들이 그렇듯, 주민 대부분은 젊은 부부였다. 그래서 나와 같은 또래의 아이들이 집마다 있었다. 나는 학교를 마치고 아파트의 다른 아이들과 어울려 놀았다. 남녀 구분도 없었고 나이도 크게 문제가 되지 않았다. 모두가 새로 이사 온 아이들인 만큼

텃세가 없어 낯선 얼굴들이라도 자연스레 친해질 수 있었다.

한창 개발이 진행 중인 터라 근방에는 우리 아파트밖에 없었다. 주민들이 이용하는 슈퍼마켓과, 그에 맞춰서 생긴 학원, 문구점. 그 밖에 작은 상점 몇 개가 전부였다. 아파트 뒤쪽으로는 한창 다른 건물들을 짓고 있는 상태였다. 맨 뒷자리 동이었던 우리 집 창문으로 건설사에서 자재로 쓰기 위해 쌓아 놓은 엄청난 크기의 돌무더기가 보였다. 우리는 그 무더기를 '돌산'이라고 불렀다.

지금은 4차선 도로가 좁을 정도로 차가 많이 다니는 지역이지만, 당시만 해도 돌산 앞 도로에는 차가 한 대도 지나다니지 않았다. 우리에게 그 도로는 끝없이 펼쳐진 미지의 길처럼 느껴졌다.

그 유행이 시작된 것도 그 때문이었다.

여느 날처럼 함께 모여 놀고 있을 때, 옆 통로에 살던 같은 학년의 남자아이가 그것을 타고 왔다. 인라인스케이트였다. 그는 무릎 보호대를 하고, 약간은 불편한 걸음으로 아이들 앞에서 의기양양하게 걸었다. 나는 그 모습이 우스꽝스럽다고 생각했다. 전에 살던 아파트에서도 그걸 타는 아이들이 있었지만, 한 번도 그걸 부럽다고 생각해 본 적이 없었다. 불편해 보일뿐더러, 마땅히 탈 자리가 없어서 인라인 전용 연습장까지 나가야 했기 때문이다.

"애들도 아니고 그걸 누가 타."

다음 날 하굣길에 버스 안에서 옆자리에 앉은 수연이에게 말했다. 나와 같은 반으로, 한 아파트에서 함께 통학하던 단짝 친구였다. 나에게 스케이트는 그저 바퀴 달린 불편한 신발에 불과했다.

그러나 거기서는 달랐다. 얼마 안 가 인라인스케이트는 아이들 사이에서 상당한 유행이 되었다. 그건 아파트 뒤의 도로 덕분이었다. 아파트 단지와 돌산 사이의 횅한 도로는, 차가 한 대도 다니지 않아 스케이트를 타고 다니기에 안성맞춤이었다. 수 킬로미터는 족히 될 법한 거리가 텅 비어 있었으니 그 자체로 그 길은 아이들에게는 인라인스케이트를 타기 위해 만들어진 자리나 마찬가지였다.

거기서 스케이트를 타면 굉장하더라 하는 입소문과 함께 인라인스케이트를 타는 아이들이 늘어나며 점점 놀이터에서 함께 노는 아이들의 수는 줄었다. 그리고 언제나 그렇듯 무언가를 가진 쪽이 그렇지 않은 쪽을 나날이 압도하게 되었다. 전혀 관심이 없었던 나였지만, 나와 가장 친하게 지내던 수연이마저 스케이트를 구입한 이상에는 별다른 수가 없었다.

결국 엄마에게 인라인스케이트를 사 달라고 조르게 되었다.

"잠깐 타고 그만둘 거면 안 사는 게 나아."

여느 때처럼 엄마는 나의 부탁을 들어주지 않았다. 뭘 사 주면 진득하게 오랫동안 갖고 노는 법이 없다는 것이 이유였다. 이번에는 안 그럴 거라며 거의 열흘간을 농성한 끝에 나는 내 발 사이즈보다 두 치수 큰 인라인스케이트를 얻게 되었다. 애들은 발이 빨리 크니까 넉넉하게 신는 편이 오래 쓸 수 있다는 점원의 말을 따랐다.

하지만 신발이 큰 탓인지(아마 아닐 것이다) 내 생각만큼 스케이트 솜씨는 빨리 늘지 않았다. 가뜩이나 늦게 사서 뒤처져 있는 데다 실력이 떨어지는 바람에 나는 인라인스케이트를 타는 아이들의 집단에 쉽게 끼지 못했다. 아이들은 아파트에서 한참을 떨어진 지역까지 스케이트를 타고 갔다가 돌아오는 것을 반복하곤 했는데, 중심을 잡고 걷는 것도 한참을 걸린 내가 거기에 바로 들어갈 수 있을 리가 만무했다. 속도가 느려 아예 쫓아갈 수 없었으므로 그런 놀이에서 난 자연스럽게 배

제되었다. 결국 나는 공식적으로 이런 말을 듣는 신세가 되었다.

"연정이는 계속 해도 안 느는 걸 보면 운동 신경이 없나 봐."

가뜩이나 무시하던 놀이에서 그런 식으로 제외되니 무척 자존심이 상했다. 오기가 생겼다. 어떤 식으로든 스케이트 실력을 늘려야겠다고 생각했다.

연습에 돌입하기로 마음먹었다. 아이들이 오후 여섯 시가 넘어 집으로 돌아가고 난 뒤에, 부모님이 계모임으로 집을 비운 틈을 타 나는 스케이트를 갖고 집 밖으로 나섰다. 7월 초의 하늘은 6시 반이 지났는데도 환했다. 하루 한 시간씩만 타면 금방 늘 거야. 끝없이 펼쳐져 있는 돌산 앞 도로를 보니 그런 의욕이 솟았다.

나는 신발을 가방에 넣고 스케이트를 꺼내 끈을 묶었다. 그리고 무릎 보호대를 하고 헬멧을 썼다. 균형을 잃지 않으려 애쓰며, 조금씩 도로 저편을 향해 나아가 보았다. 자세에 문제가 있는지 여전히 잘되지 않았다.

하지만 신경을 써서 이런저런 자세를 잡고 계속 움직이자 점점 앞으로 나가는 게 수월해졌다. 나는 잘 타는 아이들처럼 몸을 살짝 숙이고, 한껏 힘을 바닥에 실어 미끄러져 갔다.

당시의 나는 넘어지는 것을 굉장히 두려워하고 있었다. 그 때문에 몸이 굳어 적극적으로 움직이지 못하는 것이 스케이트를 타지 못하는 큰 이유 중 하나였다.

 허리를 숙이고, 무릎을 굽히고, 뒤가 아니라 옆으로 밀어서. 아이들에게 전해 들은 공식대로 나는 열심히 몸을 움직였다. 한번 요령이 생기자 그다음부터는 탄력을 받아 반복 동작이 쉬웠다. 갓 포장된 도로를 매끄럽게 지나가는 바퀴의 느낌이 그대로 와 닿았다. 비교 대상이 없는 상태에서 혼자 달리니 나도 꽤 잘 타는 것처럼 느껴졌다.

 한참을 달린 뒤 나는 멈춰 섰다. 여름의 습기 때문에 땀이 비 오듯 쏟아졌지만 왠지 기분이 좋았다. 생각보다 혼자 하는 연습은 성과가 있었다. 이 정도면 며칠 안에 아이들을 따라잡을 것이다. 그렇게 생각하며 뿌듯한 마음으로 뒤돌아보니 이미 한참을 멀리 온 상태였다.

 저 멀리 돌산이 작은 점처럼 보였다. 어느새 이렇게 멀어졌나 싶어 나는 약간 놀랐다. 원래 왕복하면서 연습을 할 생각이었는데, 도로가 일직선으로 한없이 뻗어 있어 거리감이 잘 느껴지지 않았다. 그날따라 연습이 잘 돼서 내친김에 달리느라 한 번에 멀리 와 버린 탓도 있었다.

이제 돌아가야겠다 싶었다. 시계를 보니 일곱 시가 한참 지나 하늘이 조금씩 어두워지려 하고 있었다. 아직까지 부모님은 오지 않았지만 빨리 들어가 씻고 아무 일도 없는 것처럼 해 놓아야 했다. 저녁에 혼자 나갔다는 사실을 들켰다간 불호령이 떨어질 것이 뻔했다.

나는 심호흡을 하고 돌산을 향해 천천히 스케이트의 뒤꿈치를 밟았다. 돌아가는 길이 저 정도 거리이니 그냥 가는 것만으로도 연습이 될 터였다. 이미 그 감각이 몸에 익어 조금씩 가속도가 붙으니 한결 타기가 편했다. 나의 자세나 속도는 잘 타는 아이들의 그것과 크게 다를 바가 없었다.

그렇게 스케이트를 계속 타며 나는 무언가 위화감을 느꼈다.

점점 가까워지던 눈앞의 돌산이 어느 순간부터 가까워지지 않았다.

뭔가 이상하다는 생각이 들었다. 돌산에서 여기까지 온 거리가 있어서 올 때의 시간이나 속도가 대충 파악이 된 상태였다. 당연히 어느 정도 타면 도착할 수 있을지에 대한 셈이 서 있었다. 한데 열심히 달리는데도 불구하고 시야에서 계속 돌산이 정지한 것처럼 보였다.

나는 조금씩 무서워지기 시작했다. 어느새 하늘은 좀 더 어두워져 있었다.

난 좀 더 스케이트의 속도를 높여 보았다. 이미 어느 정도 달리는 중에 그렇게 힘을 쓴지라 그 속도는 더욱 빨랐다. 넘어지는 걸 겁내던 내가 생각지도 못할 정도의 속력이었다. 그렇게 애를 쓰니 점점 힘이 들었다. 가슴이 세차게 뛰었다. 뭔가 잘못된 게 아닌가 하는 생각이 들었다.

그때였다.

무언가가 얼굴을 쓱 하고 지나가는 듯한 감촉이 느껴졌다. 처음에는 바람이 얼굴을 간지럽히는 것인 줄 알았다. 나는 손으로 볼을 훔쳤다.

그러자 그 촉각이 더욱 분명히 전해져 왔다. 그것은 손가락으로 훑는 듯한 느낌으로 내 얼굴을 만지고 지나갔다.

누군가 나의 뒤에서 나의 얼굴을 쓸어 당기고 있었다. 반복적으로, 조금씩 알 듯 말 듯.

등줄기에 소름이 쫙 돋았다. 뒤를 돌아보고 싶었지만 엄두가 나지 않았다. 상식적으로 말이 되지 않는 일이라는 것을 알면서도 그 감각이 너무도 생생해 도저히 현실의 것이 아니라는 생각이 들지 않았다.

그것은 내 뒤에 바짝 붙어 있었다. 내 목덜미를 타고 귀 뒤로 숨소리가 전해져 왔다.

훅훅 끼치는 숨결이 차가웠다.

그 손은 반복해서 내 얼굴을 쓸었다. 얼굴에 만져지는 촉감이 곱고 눅눅했다. 마치 여자의 손 같았다.

돌산은 여전히 가까워지지 않았다. 그사이에 하늘은 갈수록 어두워져 조금씩 별이 보였다. 소리를 지르고 싶었으나 목소리가 나오지 않았다. 그리고 내가 소리를 친다 해도 아무도 들어주지 않을 터였다. 그것이 더욱 무서웠다.

눈물이 마구 솟았다. 내 얼굴을 반복적으로 쓸어내리던 손은 조금씩 손가락을 세웠다.

그걸 감지할 수 있었던 건 손톱의 자극이 느껴졌기 때문이었다.

손가락이 점점 더 세게 얼굴을 훑기 시작했다. 이제는 거의 박박 긁는다는 느낌이었다.

박박.

박박.

나는 달리면서 마구 용을 썼다. 대체 무엇을 하고 있는지도 알 수 없었다. 하늘은 거의 컴컴해진 상태였고 돌산은 정지해 있었다. 쉴 새 없이 달리는 내가 있을 뿐이었다.

 목소리를 내야 했다. 나는 목에 힘을 주려 계속 애를 썼다. 그러자 '으으' 하며 목이 약간 트였다. 한참을 그렇게 하니 조금씩 목소리가 나오기 시작했다. 나는 마구 비명을 질렀다. 한번 소리를 치기 시작하자 거의 정신이 나가는 느낌이었다. 목이 쉬는 줄도 모르고 나는 목이 터져라 고함을 쳤다.

 "엄마! 아빠!"

 나는 되는 대로 가족들과 아는 사람들의 이름을 외쳤다. 이미 눈물 때문에 앞이 보이지 않을 정도였다. 그것은 더욱 세차게 나의 얼굴을 박박 긁었다. 나는 거의 정신이 나가다시피 했다.

 그러다 일순간에 그 움직임이 멈췄다. 더운 공기 위로 싸늘한 바람이 감돌았다. 그리고 내 뒤에 입술을 갖다 대는 그것의 목소리가 들렸다. 그것은 남자도, 여자도, 어른도, 아이도 아닌 목소리였다.

 여기까지만 할까.

 그리고 무엇인가가 뒤로 묶은 내 머리카락을 확 잡아당겼다. 뒤통수가 꺾이는 느낌과 함께 나는 뒤로 나동그라졌다. 눈앞이 스위치를 내리는 것처럼 어두워졌다.

눈을 뜨니 낯선 공간이었다. 사방이 하얀 것이 병원인 듯했다. 나는 병실에 누워 링거 주사를 맞고 있었다. 그리고 엄마가 걱정스러운 눈길로 나를 보고 있었다.

"연정아!"

엄마의 눈에 눈물이 그렁그렁했다.

"연정아! 괜찮아?"

나는 잠시 멀뚱히 쳐다보다가 고개를 끄덕였다. 엄마가 울음을 터뜨리며 나를 안았다. 얼떨결에 엄마의 품에 안겨 한참을 그대로 있었다. 엄마는 곧장 아버지에게 전화했다.

"여보! 연정이 깨어났어!"

그제야 나는 자초지종을 알 수 있었다. 듣자 하니 저녁에 내가 없어져서 난리가 난 모양이었다. 아홉 시쯤 집에 들어오신 부모님은 내가 휴대전화를 받지 않자 아파트 친구들 집을 일일이 찾아다녔다. 그리고 내가 어디에도 없다는 것을 알고는 경찰에 신고했다. 곧 아파트에 비상이 떨어지고, 다른 아저씨, 아주머니 들이 합세해 온 동네를 샅샅이 뒤졌다. 그러고도 찾지 못한 터에 부모님은 거의 혼비백산을 했다.

나는 아파트 주위를 지나가던 차에 의해 다음날 새벽에야 발견되었다. 돌산에서 2킬로미터쯤 떨어져 있는 자리에 스케이트화를 신은 채로 쓰러져 있었다고 했다. 곧장 나는 병원으로 옮겨져 검사를 받았다. 뇌진탕이었다고 한다.

헬멧 쓰고 있어서 다행이지, 안 그랬으면 큰일 났을 거야. 다시는 스케이트 타지 마. 저녁 먹고 나가는 거 금지야. 엄마의 말을 나는 머리가 멍해진 채로 듣고 있었다. 한참을 그런 상태로 있다 보니 머리가 아팠다.

"엄마, 나 세수라도 좀 할래."

얼굴에 물이라도 묻혀야 정신이 들것 같아 나는 자리에서 일어나 세면대 쪽으로 갔다. 그리고 물을 받아 얼굴에 문질렀다. 그러자 볼 가득히 따끔한 감각이 전해져 왔다. 얼굴이 욱신욱신하면서 아팠다.

나는 거울을 보았다. 순간 전신에 소름이 확 돋았다.

양 볼에 빨갛게 빗금으로 그린 듯한 상처가 잔뜩 나 있었다. 나는 그게 무엇인지 알 수 있었다.

그것은 손톱자국이었다.

귀갓길

　자정이었다.

　직장 선배의 차 안이었다. 9시 정도까지는 업무를 끝내기로 되어 있었으나 회의가 길어져, 시간을 한참 넘기고 말았다. 다른 사람의 차를 얻어 타게 된 건 때마침 나의 차가 고장 났기 때문이었다. 택시를 잡아타려 했으나 굳이 태워 주겠다는 이의 친절을 거절할 수 없었다.

　도심의 불빛이 하나둘 꺼져 가고 있었다. 선배가 무어라 계속 말을 걸었지만 피곤해서 잘 들리지 않았다. 적당히 맞장구를 치며, 집에 도착할 시간만을 기다렸다. 차창 너머로 조금씩 익숙한 풍경이 보였다. 내가 살고 있는 아파트 단지 입구였다.

"다 왔네요. 여기서 내려 주세요."

여기서 내리면 한참을 걸어 들어가야 한다며, 안쪽까지 가 주겠다는 그의 친절에 나는 고개를 저었다. 큰길에서 바로 나가는 것과 아파트 단지를 돌아 나가는 건 차이가 있다. 그런 폐를 끼치고 싶지 않았다.

"고맙습니다."

차에서 내리며 선배에게 인사를 했다.

멀어지는 차를 한참 바라보다 아파트 단지 입구를 향해 섰다. 내가 살고 있는 F동은 단지에서도 맨 뒤쪽이라, 5분 이상을 걸어야 했다. 조금씩 보슬비가 내리고 있었다. 가을의 한기가 몸을 감쌌다.

그날따라 아파트 전체의 모습이 유독 또렷이 들어왔다. 마치 처음 보는 풍경인 듯, 익숙한 광경이 낯설었다. 가정 대부분이 취침에 들어가, 몇 군데만 드문드문 불이 켜져 있었다. 각 건물의 앞에 켜진 가로등이 그와 대비되어 더욱 환하게 보였다.

그래서 더욱 그 감각을 분명하게 느낄 수 있었을지도 모른다.

첫 번째 건물인 A동을 지날 때였다. 어떤 기척에, 나도 모르게 고개를 들어 위를 보았다. 아파트 칠팔 층쯤의 한 통로에서 전기 등이 켜졌다. 우리 아파트는 절전

차원에서 사람이 드나들 때만 공용 통로의 전구가 켜지는 감지 시스템을 사용하고 있다. 무언가에 홀린 듯 나는 그 불빛의 움직임을 계속 쳐다보았다. 6층, 5층, 4층. 통로의 전구가 계속해서 켜졌다. 누군가 엘리베이터를 타지 않고 계단으로 내려오고 있는 모양이었다.

3층, 2층, 1층. 이윽고 통로 현관이 환하게 밝아졌다.

그러나 그쪽을 통해 나오는 사람은 보이지 않았다.

순간 소름이 가볍게 돋았다. 내가 왜 저걸 계속 보고 있었나 싶었다.

서둘러 집으로 걸음을 옮겼다. 왠지 모르게 기분이 좋지 않았다. 조금씩 하얀 입김이 뿜어져 나왔다. 선배에게 태워 달라고 할 걸 그랬나. 엎어지면 바로 닿을 듯한 몇 분의 거리가 그날따라 멀게 느껴졌다. 또각또각. 아무도 다니지 않는 길에, 나의 구둣발 소리만이 크게 울렸다.

그 규칙적인 소리 사이로 미세한 낯선 소리가 섞여 들어왔다.

사박사박.

나는 뒤를 돌아보았다. 아무도 없었다. 텅 빈 아파트 길 위로 가는 빗방울이 떨어지고 있었다. 헛것을 들었나. 그렇게 생각하며 다시 걸음을 옮기자 그 소리가 조금씩 들려왔다. 신경을 바짝 세워야 들을 수 있는 아주 작은 소리였다.

사박사박.

가슴이 살짝 뛰었다. 하지만 개의치 않으려 애썼다. 밤길을 혼자 걷느라 신경이 예민해지다 보면 주위의 아주 작은 움직임도 크게 느껴질 수 있다. 어린 시절, 혼자 다니다 문득 무서워질 때면 갑자기 집을 향해 냅다 달리곤 했다. 그러면 더욱 무서워진다는 걸 어른인 지금은 알고 있다.

잠시 후 내가 살고 있는 F동 건물에 다다랐다.

내가 들어오는 걸 감지한 공용 통로의 입구 전등이 켜지자, 그제야 마음이 놓였다. 나는 이 아파트 7층 맨 끝에 살고 있다. 약간 노후화된 아파트라 엘리베이터는 하나밖에 없었다. 살짝 젖은 머리를 훔치며 승강기 버튼을 누르고 나는 잠시 기다렸다.

그러나 8층에 멈춰 선 엘리베이터는 내려오지 않았다.

1분 남짓한 시간 동안 몇 번이나 버튼을 눌렀으나 아무런 반응이 없었다. 아무래도 고장이 난 모양이었다. 낡은 기계라 가끔 수리하는 모습을 예전에도 본 적이 있다. 운이 없게도 오늘이 바로 그런 날이었다.

나는 계단으로 걸어 올라갔다. 1년에 두어 번 이용할까 말까 한 계단이었다. 한껏 예민해진 데다 피로가 겹쳐, 가벼운 짜증이 일었다. 계속해서 평정심을 유지하려 애썼다. 한 층을 걸어 올라갈 때마다 나의 움직임을 감지한 아파트 통로의 전등이 켜졌다. 그렇게 어두운 통로가 내가 들어설 때마다 밝아졌다, 다시 어두워졌다 했다.

4층까지 올랐을 때였다. 나는 무심결에 계단 아래를 내려다보았다.

2칸 아래, 2층의 전등불이 들어와 있었다. 아파트 통장이 전기세를 아끼느라 불이 꺼지는 간격을 아주 짧게 해 둬서, 사람이 지나간 지 몇 초만 지나도 감지기가 꺼진다는 걸 나는 알고 있다.

불이 들어와 있다는 건 그 아래에 누군가 있다는 의미였다. 엘리베이터 고장으로 나처럼 계단을 이용하는 주민인 모양이었다. 내가 5층까지 오르자 3층에 불이 켜졌다. 그 사람도 이렇게 내가 오르는 모습을 보고 있을 터였다. 왠지 안심이 되었다.

그때 또다시 그 소리가 멀리서 들려왔다.

사박사박.

방금, 길에서 들려오던 소리였다. 그러나 그때와는

소리의 인상이 달랐다. 좀 전에는 소리가 촘촘하게 뭉쳐 있는 느낌이었다. 지금은 약간의 간격이 있다. 순간 머릿속에 불길한 생각 하나가 스쳐 갔다. 그럴 리가 없는데.

사박사박.

아래에서 위를 향해 가까워지고 있다. 주민의 발걸음 소리가 아니다. 어떤 신발을 신더라도 그런 소리는 나지 않는다.

소리가 달라진 이유는 좀 전에 길에서 소리를 내던 그것.

그것이 나를 따라와 계단을 오르고 있기 때문이었다.

그 모습이 나에게 어렴풋이 떠올랐다. 성별이나 형체는 알 수 없다. 하지만 그 존재가 있다는 건 느낄 수 있다. 천천히 나를 향해 움직이고 있다.

걸음을 빨리하고 싶었다. 얼른 집으로 가야 해. 물론 그 실체를 내 눈으로 직접 확인하진 않았다. 내게 무슨 일이 일어나고 있다는 어떤 근거도 없었다. 막연한 직감이었다. 진짜로 두려움을 느껴 공황 상태에 빠져 버리지 않도록 나는 마음을 굳게 다잡았다. 침착해야 했다. 6층, 그리고 7층. 통로 등이 두 번 더 켜지고 나는 이내 복도 앞에 섰다.

우리 집은 710호였다. 복도식 아파트의 맨 끝이다. 한 집에 하나씩, 내 앞으로 열 개의 현관 앞 전등이 꺼진 채 죽 늘어서 있다. 모든 가구가 잠이 들었는지 창문 밖으로 불빛 하나 새어 나오지 않아 마치 캄캄한 터널 같다.

그 어둠 속으로 걸어 들어갔다. 나의 움직임을 감지한 전등이 하나씩 켜졌다. 두 번째, 세 번째, 네 번째 집 앞에 섰을 때 나도 모르게 뒤를 돌아보았다. 내가 지나간 자리 위로 환하게 전등이 켜져 있었다. 이윽고 두 번째, 세 번째 전등이 차례로 꺼졌다. 하지만.

첫 번째 전등은 꺼지지 않았다.

나는 가만히 멈춰 서서 불이 켜진 자리를 계속 바라보았다.

시선을 떼지 않은 채 다시 앞으로 한 발짝 움직였다. 다섯 번째 전등이 켜지고, 네 번째 전등이 꺼졌다. 그러자 통로의 첫 번째 등이 꺼지고, 두 번째 등이 켜졌다.

따라오고 있다.

등줄기에 소름이 확 일었다. 나는 조금씩 걸음을 빨리하다 이내 집을 향해 뛰었다. 차곡차곡 쌓여 왔던 두려움이 터져, 미칠 듯한 기세로 몰려 왔다. 내 위로 불이 하나씩 켜지며 복도 전체가 밝아졌다. 문 앞 도어 록의 커버를 열고 내 생일인 비밀번호 여섯 자리를 눌렀다. 너무 급하게 입력해서 제대로 인식이 되지 않았다. 그사이 내 눈길은 자연스레 다시 복도 맞은편 끝으로 향했다.

내 움직임을 감지해 환하게 밝아져 있던 복도의 불이 하나씩 꺼졌다. 다섯 번째, 여섯 번째. 그리고 어느새 내 위의 전등불 하나만 남았다.

불빛은 따라오지 않았다. 맞은편의 전기등도 어느새 꺼져 있었다.

무언가에 정신을 빼앗긴 기분이었다. 역시 그런 것은 없었던 건가.

그때 갑자기 통로 끝 두 번째 전등이 켜졌다.

그리고 연달아 전등불이 밝아져 왔다. 마치 나에게 달려오는 것처럼.

가슴이 확 내려앉았다. 얼른 집에 들어가야 해. 나는 재빨리 도어 록의 비밀번호를 눌렀다. 하지만 번호를 틀렸는지 문은 열리지 않았다. 비를 맞은 탓에 손끝에 물기가 묻어 손이 계속 미끄러지는 것 같았다. 연달아 번호를 잘못 입력했다며 손잡이에서 경고음이 울렸다. 가슴이 세차게 뛰었다. 어느새 전등불은 내게로 다가

와 있었다.

여덟 번째, 아홉 번째 등이 켜지고 복도 전체가 다시 환해졌지만.

아무 일도 일어나지 않았다. 소리 하나 들려오지 않는, 고요한 기운만이 나를 감쌌다. 멀리서부터 등이 하나씩 차례로 꺼져 갔다.

가쁘게 숨을 몰아쉬며 나는 신중하게 비밀번호를 다시 입력했다. 삑. 삑. 여섯 번의 신호음과 함께 찰칵하고 문이 열렸다.

그때 나의 등 뒤로 그 소리가 다시 한번 들렸다.

사박사박.

사박사박 사박사박.

조금씩 무언가가 목덜미에 닿고 있었다. 살결을 타고 오르는 미지근하면서도 따스한 기운. 그것은 입김이었다. 그 감촉을 느끼며 나는 서서히 얼어붙었다. 턱이 덜덜 떨렸다. 다리가 굳어 버린 것처럼 움직이지 않았다. 그렇게 알 수 없는 몸짓으로 그 미지의 존재는 내 몸 전체를 감싸 왔다. 혼자만 들을 수 있도록, 나는 자신에게 낮게 속삭였다.

제발 고개를 돌리지 마. 하지만 몸은 말을 듣지 않았다.

그리하면 안 된다는 걸 알면서도, 나는 내게로 숨을 뿜어대는 그것을 향해 천천히 고개를 돌렸다.

평생 한 번도 본 적 없는 모습이었다.

얼핏 아무것도 보이지 않는 것만 같았다. 그러나 눈앞에서 거미줄 같은 형체들이 빠르게 움직이며, 투명하던 그것은 점차 형상을 갖추어 갔다. 셀로판 필름 몇 장을 겹치는 것처럼. 갈수록 뚜렷하게. 처음에는 뼈가, 그리고 다음에는 마른 피부가. 그리고 구부정한 어깨가. 흔적만 남아 있는 코가. 버석버석하게 갈라진 머릿결이. 그리고 마침내 검은 눈동자가 생겨났다.

텅 비어 있는 눈이 내 쪽으로 서서히 움직였다. 그렇게 그것은 아무 소리도 내지 못하는 나를 한참 동안 바라보았다.

그리고 내 얼굴을 향해 천천히 다가오기 시작했다.

비공개 안건

1.

 학급 회의에 선생님은 없었다.

 다른 선생님들은 처음부터 끝까지 교실에서 회의를 주재했지만, 2반 선생님은 그렇게 하지 않았다. 학급 회의는 너희들 몫이니 처음부터 끝까지 직접 이끌어야 한다며 선생님은 매번 자리를 비켜 주었다.

 어른의 개입이 없다고 회의가 자유롭게 흘러가는 건 아니었다. 어차피 학교생활이라는 건 늘 비슷해서 신선한 안건이 올라올 여지가 별로 없었다. 정해진 순서라는 게 있으니 그에 따를 따름이었다.

 성재는 교탁 앞에서 프린트물을 줄줄 읽었다. 5학년

에 올라와서 어쩌다 보니 반장이 되긴 했지만 두 달이 지나도 여전히 아이들 앞에서 무언가를 말하는 것은 겸연쩍은 일이었다. 친구들끼리 '아무개 어린이'라고 부르는 게 웃기기도 했고, 아이들이 적극적으로 동참하지 않아서 더욱 힘이 빠지는 것도 있었다.

이날도 그랬다. 그 안건을 올리기 전까지는.

"이어서 각 부 활동 계획이 있겠습니다. 부장들은 나와서 발표해 주시기 바랍니다."

"준비물을 잘 챙겨 오고 복도에서 뛰지 맙시다. 선생님을 마주치면 예의 바르게 인사합시다."

발표라고 해 봐야 열 개 정도의 생활 목표를 섞어서 매번 두어 개씩 말하는 정도였다. 생활부장의 발표가 끝나자 부반장이 나와 다음 주의 실천 목표를 이야기했다.

"5월은 가정의 달입니다. 항상 곁에 있는 가족들에게 고마워하는 마음을 가집시다."

대강의 순서가 끝나자 성재는 벽에 걸린 시계를 보았다. 아직 쉬는 시간이 되려면 15분쯤 여유가 있었다.

"선생님 말씀이 있을 때까지 시간이 약간 남았는데요. 아마 10분 정도 얘기할 수 있을 것 같습니다."

성재는 문 쪽에 앉아 있는 아이에게 눈짓했다. 선생

님이 오시면 알려 달라는 신호였다.

아이가 고개를 끄덕이는 걸 보며 성재는 분필을 들었다. 이런 걸 대놓고 얘기한다고 생각하니 기분이 너무 이상했지만, 이제 와서 돌이킬 수는 없었다.

귀신.

칠판에 쓰인 두 글자를 보는 순간 교실에 정적이 감돌았다. 입에서만 오르내리는 것과 이렇게 공식화를 하는 건 전혀 다른 문제였다.

성재는 잠시 심호흡을 하고서는 말을 이었다.

"이제부터는 그냥 편하게 얘기할게. 어쩌다 보니까 여기서 다루게 됐는데, 이건 공식 안건은 아니야. 여기서 우리끼리 얘기하는 거고. 기록도 안 남을 거야. 따로 얘기하면 좋겠지만 이런 자리가 잘 없으니까."

성재는 반 아이들을 둘러보았다.

"바로 물어볼게. 여기서 귀신 한 번이라도 본 사람 손 들어."

아이들이 드문드문 손을 들었다. 정원 스물다섯 명 중에 여섯 명. 적지 않은 숫자였다. 성재는 손을 든 아이들의 눈을 한 번씩 보았다. 그중에는 평소 장난하는 걸 좋아하지 않는 친구들도 섞여 있었다. 헛소문을 내거나 거짓말을 할 아이들이 아니었다.

성재는 그중에 한 아이를 지목했다.

"여섯 명이 본 걸 다 들을 수 없으니까, 은미 얘기만 들을게. 얘기해 봐. 언제 어디서 봤는지."

"지난주 화요일이었어."

은미가 입을 열었다.

체육 시간이었다고 했다. 보통 당번이 자리를 지키지만 그날은 은미가 몸이 안 좋아서 당번 대신에 교실에 남았다. 둘이 있으면 수다라도 떨 텐데, 혼자서 딱히 할 게 없었으므로 은미는 교실 뒤편에 비치해 놓은 학급 문고를 읽었다. 그러다 30분쯤 지났을 때, 무언가 등골이 서늘해지는 걸 느꼈다. 5월이라 한창 낮이 더울 때인데도 갑자기 교실에 냉기가 확 감돌았다.

고개를 들어야 했지만 은미는 직감적으로 그러면 안 될 것 같다고 생각했다. 무언가가 자신을 계속 보고 있었다. 은미는 책을 보는 척하며 그것이 지나가기를 기다렸다. 시간이 얼마나 흘렀는지 알 수 없을 정도로 무섭고 초조한 시간이었다. 한참이 지나서 그것이 사라졌다고 생각한 순간, 은미는 고개를 들었다.

누군가 자신을 보며 서 있었다.

"그게 귀신이었단 말이야?"

은미는 고개를 끄덕였다.

"귀신이 아닐 수도 있잖아. 그런 생각은 안 해 봤어?"

"막상 보면 절대 그런 생각이 안 들어. 귀신이다 아니다, 그런 게 아니라. 그냥 사람이 아니라니까."

"근데 왜 아무도 안 부른 거야? 창문만 열면 바로 운동장인데, 하다못해 소리라도 쳤으면 옆 반에서 듣고 왔을 거 아니야?"

"그걸 보고 있으면 소리가 안 나와. 몸이 굳어서 아무 생각도 안 나고."

그때 기억이 떠오르는지, 은미는 몸을 부르르 떨었다. 그 거짓 없는 말투와 굳은 표정에 반 전체가 얼어붙었다. 실제로 은미는 그날 오후에 조퇴했다. 알음알음으로 퍼지던 귀신의 존재가 아이들 사이에 확 퍼지기 시작한 것도 그때부터였다.

"그렇게 얼마 동안 있었던 거야?"

"종 칠 때까지. 그렇게 귀신이랑 나랑, 눈싸움하듯이 계속 있었어. 벨이 울리니까, 갑자기 없어지더라고."

성재는 은미의 이야기를 끄적끄적 다시 한번 교탁 앞에 펼쳐 둔 노트에 적었다. 가벼운 한숨이 나왔다. 아이들의 성화에 일단 안건으로 올리긴 했지만 이런 애기를 한다고 뾰족한 수가 나는 건 아니었다. 확인 차 물어본 것으로 여섯 명의 목격담은 크게 다르지 않았다.

"근데 너희도 알다시피 당장 해결할 수는 없어. 선생님께 말씀드릴 수도 없고. 단체로 학교를 안 나올 수도 없는 거고. 부모님들한테 얘기한다고 믿어 주시는 것도 아니잖아."

"그래서 이렇게 얘기하는 거잖아."

앞줄에 앉은 아이 중 하나가 말했다.

"그럼 어떡하면 좋을까?"

그 옆에 있던 여자아이가 말을 받았다. 여자 부반장인 진이였다.

"알아봤으면 좋겠다는 거지. 왜 자꾸 이렇게 나오는지. 이유가 뭔지. 정체가 뭔지."

"알아본다고 우리가 해결할 수 있나?"

"그렇다고 손 놓고 있을 수 없잖아. 애들이 너무 무서워하는데."

더 이상 버틸 재간이 없었다. 아이들은 어떤 식으로든 귀신의 정체에 대해서 알고 싶어 했다. 그리고 조금이라도 손을 쓰고 싶어 했다.

"그럼 그건 누가 하는데?"

"그걸 못 하니까 지금 여기서 얘기하는 거잖아. 맡아

서 할 사람 뽑으려고."

진이가 말했다.

"알았어. 일단 물어보자."

성재는 반 아이들을 둘러보며 먼저 손을 들어 보였다.

"여기서, 지금 학교에 귀신 왜 나오는지 알아볼 사람?"

아무도 손을 들지 않았다. 그렇게 안건에 못 올려 안달이더니, 정작 하려는 사람은 없는 건가. 아이들의 약간은 무책임한 태도에 성재는 답답해졌다.

"아무도 없어? 궁금하다며, 귀신 왜 나오는지."

성재의 말에 아이들은 고개를 돌리며 서로 눈치를 보았다. 귀신 문제를 해결하고 싶은 마음은 있었지만 당사자가 자신이 되기는 싫은 것이다.

"이럴 거면 왜 올린 거야?"

성재의 말에 뒷자리 아이 하나가 손을 들었다. 혹시 하려는 건가. 성재가 바로 지목을 하자 그 아이가 말을 했다.

"그냥 반장이 하면 안 되나?"

"뭐라고?"

"반장이 하면 안 되냐고. 그래도 우리 중에서 반장이

제일 똑똑하잖아. 공부도 잘하고. 그리고…… 귀신 본 애들은 놀라서 못 하고, 다른 애들도 겁을 많이 낸다고. 반장은 좀 낫잖아."

그 말과 함께 반 전체의 시선이 성재에게 집중되었다. 너무 갑작스러워 아무 말도 나오지 않았다. 이래서 이런 자리를 맡지 말았어야 했는데. 떠밀리듯 반장 자리에 들어간 이후로 성재에게 좋은 일은 한 번도 없었다. 거절하려 했지만 아이들 앞에서 이렇게 몰리니 면이 서지 않았다.

"알았어."

성재는 얼떨결에 승낙했다. 안도의 분위기가 교실에 퍼졌다. 어쩌면 이러려고 지금 같은 상황을 만들었는지 모른다는 생각이 들었다. 한숨을 돌린 것 같은 아이들의 표정을 보니 은근한 오기가 생겼다.

"그런데, 나 혼자서는 못해. 누구 한 사람이라도 도와줘야지."

성재는 아이들을 둘러보았다.

"누구 나 도와줄 사람 없어?"

또 떠넘기기가 시작되었다. 아이들은 아무도 손을 들지 않았다. 이 어수선한 모양새를 보자 화가 났다. 바로 앞에 앉아 있는 여자 부반장 진이에게 성재는 말을 했다.

"진이 네가 나랑 같이하자."

"내가?"

진이는 곤란한 표정을 지었다. 앞장서서 떠넘겨 놓고 저렇게 나오는 진이를 보니 어처구니가 없었다.

"그럼, 반장이라서 내가 하니까 부반장인 네가 도와야지. 아니면……."

성재는 가운데에 앉아 있는 아이를 가리켰다. 남자 부반장인 석호였다.

"석호가 하든가."

"나? 나는…… 귀신 안 찾아도 돼. 관심 없어."

석호는 바로 거절하는 기색을 했다. 성재는 고개를 돌려 한숨을 크게 쉬었다. 벽에 걸린 시계가 눈에 들어왔다. 이제 시간이 얼마 남지 않았다. 곧 선생님이 들어올 것이다.

"시간 없어. 빨리 결정해야 해. 정말 아무도 할 사람 없어?"

성재의 말에 아이들이 웅성거리며 한 마디씩 거들었다.

"투표로 하자."

"제비뽑기하자."

"그냥 부반장한테 시키자."

난처한 광경이었다. 시간은 점점 줄어들고 있었다. 선생님이 이걸 보면 뭐라고 하실까. 성재는 일단 '귀신'이라고 쓰여 있는 칠판부터 지워야겠다는 생각을 했다. 칠판지우개를 들었을 때, 뒤쪽에서 조그마한 소리가 들렸다.

"내가 할게."

칠판을 지우며 성재는 그 목소리를 좀 더 또렷하게 들었다.

"내가 할게. 내가 한다고."

웅성거리던 아이들의 목소리가 순식간에 잦아들었다. 아이들의 눈이 한곳으로 모였다. 창가 안쪽, 맨 뒷자리 구석이었다.

임윤희.

성재는 그 아이가 그렇게 나서는 것을 처음 보았다.

* * *

승아는 언니가 좋았다.

어릴 때부터 맞벌이한 승아의 집에는 부모님이 계시는 시간이 많지 않았다. 여섯 살 때까지는 할머니가 집에 있었지만, 할머니가 돌아가시고 난 후로는 하루 종일 집에 어른이 없었다. 집에는 항상 승아와 승아의 언니 둘뿐이었다.

승아보다 한 살밖에 많지 않아서 사실상 언니는 동갑내기나 마찬가지였다. 하지만 언니는 동생인 승아를 돌봐야 한다는 강한 책임감을 갖고 있었다. 외로움을 잘 타고 겁이 많았던 승아였지만 언니가 항상 함께 있었기에 외롭지 않았다.

언니는 친구들과 놀 때도 항상 승아를 데리고 다녔다. 한 살 어린 승아가 매일 따라다니는 것을 귀찮아하는 친구들도 있었다. 그럴 때면 언니는 인형을 주거나, 부탁을 들어주거나 다른 방법으로 환심을 사서 친구들의 마음을 돌려놓곤 했다. 한 살 위였지만 승아는 언니를 볼 때마다 한 다섯 살쯤은 많은 것 같은 느낌을 받았다.

초등학교에 입학했을 때 처음에 승아는 적응을 잘하지 못했다. 집이나 유치원에 있는 것과 너무 다르게 느껴져서, 처음으로 출석을 불렀을 때 자기 차례에 승아는 무서워서 울었다. 그 때문에 승아는 첫날부터 웃음거리가 되었다. 몇몇 아이들은 울보라고 이름 붙여 승아를 놀리곤 했다.

하지만 그런 장난은 오래가지 않았다. 승아가 언니에게 그 얘기를 하자, 다음 날 쉬는 시간에 다짜고짜 언니는 승아의 교실로 들어왔다. 그리고 눈에 보이는 대로 남자애 한 명의 멱살을 잡았다. 언니는 승아를 보고 말했다.

"너 놀린다는 게 얘니?"

승아가 고개를 젓자 또 다른 아이의 멱살을 잡았다.

"그럼 얘는?"

승아가 고개를 끄덕이자 언니는 바로 그 아이를 바닥에 패대기쳤다. 놀란 아이가 울음을 터뜨렸다. 언니는 눈을 시퍼렇게 뜨고 승아네 반 아이들을 보며 말했다.

"너희들 내 동생 건드리면 죽여 버릴 거야."

그 이후로 아무도 승아를 괴롭히지 않았다.

그런 언니가 죽었다.

초등학교 4학년 때였다. 그날은 승아의 생일이었다. 승아는 친구들 몇 명을 불러 파티를 하기로 했다. 엄마를 졸라 파티 비용도 지원받았다. 승아는 언니와 함께 빵집에 들러 케이크를 샀다. 한 손에 케이크를 들고 흐뭇한 마음으로 승아는 언니의 손을 잡고 걸었다.

친구들과 함께 놀 생각을 하니 신이 났다. 그날은 토

요일이라 이미 그 전날 승아의 방은 파티용으로 꾸며 놓은 상태였다. 언니는 리본과 종이꽃, 색종이로 승아의 방을 예쁘게 장식해 주었다. 친구들의 축하 속에서 촛불을 끌 생각을 하니 승아의 가슴이 설레었다.

그 모든 순간이 승아에게는 지금도 슬로비디오처럼 남아 있었다.

신호등 앞이었다. 조금이라도 집에 빨리 가고 싶은 마음에 승아는 파란 불이 들어오자마자 앞으로 뛰쳐나갔다. 그때 옆에서 자동차 경적 소리가 들렸다. 승아는 옆으로 고개를 돌렸다. 트럭 한 대가 이쪽으로 달려오고 있었다. 피할 수 없을 정도의 속도였다. 차에 치였구나 생각한 순간 승아의 몸이 앞으로 확 엎어졌다. 상자에서 하얀 케이크가 빠져나와 산산이 뭉개졌다.

고개를 들자 언니의 몸이 허공에 떠 있었다. 언니는 천천히 하늘을 날더니 밑으로 확 떨어졌다. 사람들이 달려왔지만 아무것도 들리지 않았다. 바닥에 쓰러져 있는 언니의 모습만이 선명하게 보였다.

언니의 머리 위로 피가 동그랗게 퍼졌다.

2.

 반장이긴 하지만 학급의 모든 친구와 친한 것은 아니었다. 특히 윤희처럼 일부러 벽을 치듯 다른 아이들과 어울리지 않는 경우는 더욱 말을 붙이기 어려웠다. 복도를 나서며 성재는 아래를 내려다보았다. 윤희가 계단에 앉아 휴대폰을 만지작거리고 있었다. 평소에 거의 얘기를 해 본 적이 없는 터라 이름을 부르기가 쑥스러웠다. 성재는 일부러 계단을 내려가며 발소리를 크게 냈다.

 인기척을 느낀 윤희가 뒤를 돌아보았다. 단정하게 양 갈래로 묶은 머리칼이 흔들렸다.

 "많이 기다렸지?"

 "아니야, 이 정도면 생각보다 금방 끝났는걸?"

 따로 만날 시간을 내기 전에, 일단 수업을 마치고 의논을 하기로 했다. 선생님과 함께 지난 시간 숙제의 채점을 끝낼 때까지 윤희는 기다려 주었다. 말수가 없는 아이치고는 자신을 대하는 데 그다지 스스럼이 없어 보이는 게 성재는 다행스러웠다.

 방과 후 특별 활동을 하는 교실이 몇 군데 있었지만 이미 상당수가 하교해 학교에는 사람이 많지 않았다.

성재는 교사를 나서 운동장 쪽으로 걸었다. 서먹한 마음에 주머니에서 쿠키 봉지를 꺼내 윤희에게 내밀었다. 조금 전에 선생님에게 간식 삼아 받은 것이다.

"이거 먹을래?"

"응. 고마워."

윤희는 거리낌 없이 과자를 받았다. 운동장을 가로지르며 두 사람은 아무 말도 하지 않았다. 성재는 정문 앞 벤치를 가리키며 윤희에게 말을 했다.

"여기라도 좀 앉자."

성재는 벤치에 앉아 과자를 뜯어 조금씩 먹었다. 신경이 쓰여서 아무 맛없이 텁텁하기만 했다. 이렇게 괴상한 일로 별로 얘기해 본 적도 없는 아이와 앉아 있으니 딱히 할 말도 떠오르지 않았다.

"무슨 생각으로 한다고 한 거야?"

윤희가 손을 들었을 때 반 아이들은 대부분 놀라는 눈치였다.

"아무도 안 하잖아. 선생님 오실 때 다 됐는데 결정도 안 나고."

"그렇다고 네가 손들 필요는 없잖아."

"그럼 하지 말까?"

윤희는 눈을 크게 떴다. 당황한 성재는 손사래를 쳤다.

"아니야, 해."

기껏 도와주겠다는데 거절할 이유가 없었다.

윤희는 잠깐 성재를 빤히 바라보았다.

"아마 이럴 때 아니면 너도 내 얘기 안 믿어 줄 거야."

"응?"

고개를 갸웃하는 성재를 보며 윤희가 말했다.

"나, 귀신 본 적 있어."

"뭐라고? 근데 왜 아까 손 안 들었어?"

"아니 그게 아니라……."

윤희는 고개를 저었다.

"지금 애들이 봤다는 귀신은 본 적 없는데, 다른 귀신은 본 적 있다고."

"……."

"네가 귀신을 믿는지 안 믿는지는 모르겠지만, 일단은 너도 귀신 때문에 떠밀려서 이러고 있는 거니까."

윤희는 문득 입을 다물었다. 그리고 살짝 다그치듯 성재를 보며 물었다.

"너는 귀신이 특별할 때만 있을 것 같지?"

"응? 무슨 소리야?"

"귀신이 그렇게 별나게 나오는 거 아니야."

성재는 평소에 그런 것에 대해서 생각해 본 적이 없

었다.

윤희는 성재를 향해 고개를 앞으로 내밀었다.

"지금도 있는걸? 여기 바로 너 뒤에도 있어."

그 말을 듣자 오한이 끼쳤다. 성재는 조심스레 뒤를 돌아보았다. 아무것도 보이지 않았다.

"뭐야, 왜 이런 장난을 쳐?"

"장난하는 거 아니야."

윤희는 진지한 얼굴로 말을 했다.

"귀신은 있는데, 보통은 안 보이는 거지. 너 뒤에도 있고, 저기서도 너 보고 있는데."

윤희는 운동장 바깥쪽의 화단을 가리켰다. 그 무심한 태도에 소름이 돋았다.

"하지 마, 왜 이런 소리를 해?"

성재는 약간 화가 났지만 윤희의 표정에는 조금도 변함이 없었다.

"내 말은 걱정할 필요가 없다는 거야."

"……"

"원래 사람들 사이에 섞여 있는 게 귀신이야. 안 보이기 때문에 별 상관없는 거지. 너는 그냥 없다고 생각하면서 살면 돼. 그럼 크게 다른 거 없잖아."

잔뜩 겁을 줘 놓고서 그런 말을 하니 더 짓궂게 느껴

졌다. 하지만 윤희의 모습은 정말로 장난 같지가 않았다.

"그럼 애들이 봤다는 귀신은 뭐야?"

"그게 예외인 거지. 보통은 귀신이 사람들 눈에 안 보이거든. 큰일을 당했거나 하고 싶은 말이 있거나. 그러면 그 감정이 강해져서 사람들 눈에 보이는 거야. 그러니까 그 귀신은 그런 일을 당한 사람인 거지."

온통 처음 듣는 얘기뿐이었다. 그 말을 너무 진짜같이 하고 있어서 성재는 귀신보다 윤희 쪽이 더 무서웠다.

"귀신은 말이야."

윤희는 성재의 눈을 똑바로 바라보았다.

"죽은 자리 주변에서 맴돌게 돼 있어. 그러니까 그 귀신은 학교에서 죽은 사람이야."

* * *

그런 일이 없었으면 만나지 못했을 것이다.

합창부 부실이 있는 건물이 공사에 들어가지 않았다면.

공사 통보를 받은 건 4월 초였다. 당장 다음 주부터

부실을 쓸 수 없게 돼서 합창부인 승아는 강당에서 연습해야 했다. 늘 있던 공간이 아니라 아이들이 낯설어했지만 일단 연습할 자리가 주어진 것만 해도 고마운 일이었다. 5월 말 대회가 코앞이었다. 적응 기간이 필요했으나, 어차피 대회는 이런 데서 하는 거라며 마음을 다잡았다. 강당에 피아노가 있으니 연습하는 데는 무리가 없었다.

처음 그 아이를 본 건 연습을 마친 후 강당을 정리하고 있을 때였다. 대강 정리를 끝내고 문 쪽을 보았을 때, 그 아이가 강당을 향해 걸어 들어왔다. 주위에 사람들이 많았지만 승아에게는 마치 아무것도 없는 것처럼 그 아이의 얼굴만 보였다. 큰 키에 가는 얼굴, 동그란 눈에 작은 코. 순간 승아는 언니를 본 줄 알았다.

물론 그럴 리는 없었다. 언니는 죽었으니까.

탁구 운동복을 입고 있는 것으로 보아 그 아이는 탁구부인 듯했다. 합창부와 마찬가지로 탁구부도 부실이 공사에 들어가 한동안 이곳에서 연습해야 하는 것 같았다. 승아는 피아노를 닦으며 그 아이를 곁눈질로 계속 보았다. 머리를 짧게 자른 것을 제외하면 영락없는 언니였다.

새 학교에 다닌 지 1년이 지나는 동안 왜 그 아이를

못 봤는지 스스로 이해가 되지 않았다. 승아는 가까이 지나가는 척하며 그 아이의 운동복에 붙어 있는 이름표를 보았다.

거기에는 '황수연'이라고 쓰여 있었다. 황수연. 그게 그 '언니'의 이름이었다.

언니, 하고 승아는 마음속으로 불러 보았다.

3.

그날 배운 걸 복습하는 데는 시간이 오래 걸렸다. 자꾸 잡생각이 떠올라 공부에 집중이 되지 않았다. 계속 윤희가 했던 말이 생각났다. 귀신이 사람들 사이에 섞여 있다. 그리고 그 주위를 맴돌고 있다. 그 얼굴을 떠올리자 성재는 또 오싹해졌다. 그런 말을 믿을 수 있을까. 그런 얘기를 하고 다니니 아이들이 어울리지 않았던 게 아닐까. 아니면 반대로 그런 걸 알고 있기 때문에 아이들과 어울리지 못했던 것일지도 모른다.

더 신경 쓰이는 문제는 따로 있었다.

감정이 강해지면 귀신이 사람들의 눈에 보인다. 귀신은 학교에서 죽은 사람이다.

학교에서 누가 죽었다는 얘기는 들은 적이 없었다.

그 사람은 누구일까. 성재는 본 적도 없는 귀신의 모습을 계속 상상했다. 무섭기도 하고 이상하기도 했다. 계속 그 모습이 생각이 나서, 그날 성재는 혼자서 잠들지 못하고 부모님의 방에서 함께 잤다.

* * *

점심시간에 식사를 마친 후 성재는 윤희의 자리 쪽으로 가 보았다.

"그럼 이제 우리 어떡하지?"

윤희는 의아하다는 듯 고개를 들었다.

"그건 내가 너한테 물어봐야 하는 거 아니야? 네가 대장이잖아."

"둘밖에 없는데 대장이 어딨어? 나는 아무 생각도 안 난단 말이야. 그리고 네가 나보다는 낫잖아. 잘 알고."

성재의 말에 윤희는 생각에 잠긴 양손으로 턱을 괴었다.

"한 명씩 물어봐야지. 귀신을 어디서 봤는지. 당장은 그것밖에 방법이 없잖아."

성재는 고개를 끄덕였다. 이미 한 차례 들은 적이 있

았지만 그걸 확인하는 건 또 다른 일이었다.

* * *

"지난주 사회 시간이었는데 말이야."

민호가 말했다. 생활 부장으로 성격이 밝고 친구가 많은 아이였다.

"갑자기 오줌이 마려운 거야. 그래서 선생님께 말씀드리고 화장실에 갔거든. 그리고 한참 일을 보는데……."

귀신이 화장실 앞에 서 있었다고 했다. 민호는 놀라서 한참을 그대로 있었다.

"일 보고 있었기에 망정이지 안 그러면 쌌을지도 몰라."

"귀신이 어떻게 생겼다고 그랬지?"

"전에 얘기 안 했나?"

"확인하려고 물어보는 거니까……."

수첩에 목격담을 적는 성재를 보며 민호는 귀신의 모습을 떠올렸다.

"귀신은 말이야, 아저씨야."

민호는 숨을 죽이며 침을 삼켰다.

"귀신이라고 하면 머리 풀어헤친 여자일 것 같잖아. 근데 아저씨더라고. 나이 많은."

"어느 정도 돼 보이는데?"

윤희의 물음에 민호는 입술을 문질렀다.

"글쎄? 우리 아버지랑 비슷해 보이던데?"

"그리고…… 다른 기억은 나는 거 없어?"

"옷은 흰옷을 입고 있었어. 위에는 점퍼 같은 거 걸친 것 같고."

"귀신치고는 차림이 수수하네."

"귀신이 누구한테 잘 보이려고 다니는 건 아니잖아."

윤희가 무심한 표정으로 성재에게 핀잔을 주었다.

수업을 마친 후 성재는 윤희와 함께 수첩에 기록한 여섯 명의 증언을 종합해 보았다.

귀신의 목격담은 다음과 같았다.

- 체육 시간에 당번 대신 남았다가 교실에서 보았다. (은지)
- 수업 도중 화장실에 갔다 그 안에서 보았다. (민호)
- 문학반 부실에 놔둔 문집을 가지러 왔다가 복도에서 보았다. (성우)
- 주전자 물을 뜨는 도중에 개수대 앞에서 보았다. (유진, 세영)

- 야외 수업이 있을 때 늦게 나오다 학교 건물 뒤에서 보았다. (동민)

"이 중에서 어떤 게 다른 것 같아?"

윤희가 물었다.

"글쎄, 난 잘 모르겠는데?"

수첩을 보며 윤희는 네 번째 항목을 손가락으로 짚었다.

"이건 다르잖아. 보통은 혼자 있을 때 봤는데 이건 둘이 있을 때 봤어. 귀신이 혼자 있을 때만 나타나는 게 아니라는 증거야."

"음……."

성재는 눈썹을 추켜세웠다. 뭔가 맞는 말 같았다.

"그렇지만 세 명 이상이 있을 때 귀신을 봤다는 말은 없으니까, 몇 명인지는 알 수 없어도 사람이 많으면 그 앞에 안 나타난다고 봐도 될 거야."

"그런가……."

"바꿔서 말하면, 애들한테 이렇게 말하면 귀신을 피할 수 있어. 혼자 다니지도 말고, 둘이 다니지도 말고."

윤희는 당부하듯 성재를 바라보았다.

"셋 이상 다녀라."

* * *

 방과 후에 연습해야 했으므로, 합창부 연습 시간과 탁구부 연습 시간은 같았다. 합창부원들이 노래하고 있을 때면 그 앞에서 언니를 포함한 탁구부 부원들이 바쁘게 탁구채를 움직였다. 승아는 언니의 그런 모습이 좋았다. 노래하는 것처럼 시선을 두고 몰래 언니를 보는 것은 승아의 작지만 큰 즐거움이었다.

 연습을 하다 머리가 아파 잠시 쉬러 밖으로 나왔을 때였다.

 강당 뒤쪽의 잔디 위에 언니가 앉아 있었다. 처음으로 말을 붙여 볼 기회였다. 승아는 그 옆으로 다가가 인기척을 내고서 잔디 위에 퍼질러 앉았다. 놀란 언니가 옆을 돌아보았다. 승아는 친근한 태도로 말을 걸었다.

 "혼자 이렇게 앉아 있는 거야?"

 승아가 갑작스럽게 말을 걸자 언니는 당황하는 것 같았다.

 "괜찮아."

 언니가 경계하지 않도록 승아는 먼저 자기소개를 했다.

 "나는 승아라고 해."

그 말에 언니는 눈을 동그랗게 뜨고 승아를 보았다.

"나는, 황수연……."

"알아. 명찰에 그렇게 쓰여 있는걸?"

승아는 활짝 웃었다.

그 이후로 두 사람은 자주 그곳에서 시간을 보내게 되었다. 언니가 연습을 하다 자리를 비울 때면 승아는 그를 따라서 강당 뒤로 갔다. 그리고 그날 있었던 이야기들을 조금씩 나누었다. 좀 친해졌다고 생각했을 때, 승아는 용기를 냈다.

"저기, 언니라고 불러도 돼?"

언니는 눈을 동그랗게 뜨고 승아를 보았다.

"언니라고 부르고 싶어."

언니는 잠시 망설이다 고개를 끄덕였다.

4.

선생님이 자리를 비우자 성재는 교실 앞으로 나가 아이들 앞에서 윤희와 함께 조사한 결과를 간략하게 얘기해 주었다. 물론 귀신이 학교에서 죽은 사람인 것 같다거나, 윤희가 귀신을 볼 줄 안다는 말은 하지 않았다.

"여러 명 있을 때는 나타난 적이 없으니까, 학교 안에서는 꼭 세 명씩 짝을 지어 다니도록 해. 최소한 혼자서 다니지는 마. 그게 중요한 것 같아."

며칠이 지나자 2반에서 귀신 목격담은 사그라들었다. 정말로 귀신이 나타나지 않는다며 아이들은 성재의 말을 신기해했다.

하지만 그것이 끝은 아니었다. 다른 반에서 귀신 목격담이 계속되었기 때문이다. 당연히 2반만의 문제가 아니었고, 학교 여기저기서 귀신을 봤다는 얘기가 떠돌아 금방 소문이 났다.

다른 반에서는 말이 하도 나와서 직접 선생님이 중재했다는 얘기도 있었다. 듣자 하니 선생님 중에서도 귀신을 본 사람이 있는 모양이었다.

"어떡할 거야, 이대로 괜찮은 거야?"

성재의 물음에 윤희는 알 수 없는 얼굴을 했다.

"우리 반 애들이 더 이상 귀신 안 보면 되는 거 아니야?"

"다른 사람들이 계속 본다잖아. 그리고 애들도 계속 셋이서 같이 다닐 수는 없어."

"그럼 어떡할까? 내가 귀신을 쫓을 수는 없어."

"그래도 난 좀 더 알아봤으면 좋겠어. 어쨌든 이만큼

알아낸 거 너밖에 없잖아."

윤희는 난처하다는 듯 미간을 찌푸리더니 이윽고 승낙했다.

윤희가 제안한 방법은 처음과 같았다. 최대한 많은 목격담을 수집하는 것. 두 사람은 시간이 날 때마다 학교 이곳저곳을 돌아다니며 귀신을 본 아이들을 찾았다. 귀신 목격담은 생각했던 것보다도 더 퍼져 있었다. 성재네 반이 특히 많긴 했지만 한 반 건너 한 명씩은 귀신을 본 사람이 있는 모양이었다. 성재는 같은 반 친구들을 동원해 다른 반 아이들을 소개받는 식으로 그들의 이야기를 들었다. 처음에 얄밉게 성재에게 일을 떠넘긴 것이 미안했던지 부반장 진이가 적극적으로 도와주었다. 6학년 형, 누나들을 만나는 데 특히 그런 도움이 많이 필요했다.

두 사람은 사흘 동안 열여섯 건의 목격담을 모았다.

성재는 학교의 도면을 그려 귀신이 출몰한 자리를 표시해 보았다.

"이렇게 보면 어떤 것 같아?"

윤희가 물었다.

"글쎄, 난 잘 모르겠는데?"

"일단 귀신이 정해진 시간에 나타나는 건 아니야. 밤

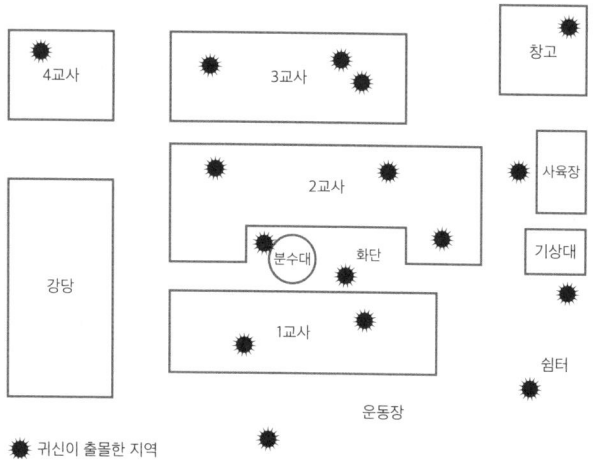

에만 보이는 경우도 있지만 그건 아닌 것 같고. 그리고 출몰 장소도 정해져 있지 않아. 이 정도면 학교 전체에 나타난다고 봐도 될 거야. 목격자가 두 명 이하일 때만 나타나는 것도 마찬가지고."

그림을 계속 보고 있던 윤희가 생각에 잠긴 듯 눈을 가늘게 떴다.

"근데 말이야."

윤희는 그림 가장자리의 강당 쪽을 손으로 가리켰다.

"왜 이쪽에서 봤다는 얘기는 없을까?"

* * *

 승아와 언니는 처음부터 통하는 데가 있었다.

 별다른 말을 하지 않아도 언니와 함께 있으면 즐거웠다. 합창 연습을 하다 쉬는 시간이면 승아는 밖으로 나가자며 언니에게 눈짓했다. 그러면 언니가 잠시 후에 따라 나왔다. 승아는 여러 가지 이야기를 나누면서 언니에 대해서 많은 것을 알 수 있었다. 부모님이 없다는 것, 시설에서 자라고 있다는 것. 4학년 때부터 탁구를 해서 이제 3년째라는 것.

 평소에 언니의 표정은 그다지 밝지 않았다. 처음에 승아는 그 이유를 잘 몰랐다. 하지만 몇 주를 강당에서 함께 지내다 보니 왜 그런지를 어렴풋이 알 수 있었다. 탁구를 잘 모르는 승아의 눈으로 보기에도 언니는 제대로 된 연습을 하지 않는 것 같았다. 언니는 거의 다른 부원들의 연습 상대를 하고 있었다. 주전 선수들이 따로 있고, 그 사람들이 제대로 할 수 있도록 받쳐 주는 역할이었다. 그 역할을 돌아가면서 하는 게 아니라 언니가 도맡고 있었다.

 그 이유를 언니에게 묻고 싶었지만 혹시라도 실례가 될까 봐 묻지 않았다.

언제부터인가 승아는 항상 언니와 함께 하교하게 되었다. 먼저 합창부 연습을 끝내고, 탁구부 시간이 끝날 때까지 승아가 기다리고 있으면 언니가 승아에게로 왔다. 승아는 언니와 함께 걷는 시간이 제일 좋았다. 두 사람은 확실히 닮아 있었다. 다만 키는 언니가 조금 컸다.

승아는 플라타너스 나무가 산뜻하게 늘어선 학교 앞 길을 걸으며 언니에게 물어보았다.

"탁구 하는 거 재미있어? 힘들어 보여서 그래. 재미없으면 그만두면 되잖아."

"내가 좋아서 하는 거야. 나 4학년 때 탁구 처음 했을 때, 뭐 하면서 잘한다고 칭찬받은 거 처음이었어."

"훌륭한 탁구 선수가 되는 게 꿈이구나."

"아니야, 그런 것까지 생각 안 하고 있어. 잘할 수 있으니까 하는 거야. 그리고 탁구부를 하면, 수업 시간에 엎어져 자도 선생님이 뭐라고 안 하고, 숙제도 안 해도 되거든."

그러면서 언니는 웃었다. 그런 언니를 보며 승아는 가슴이 미어지는 걸 느꼈다.

5.

 월요일 수업을 마치고 두 사람은 강당 쪽으로 향했다. 성재는 학교에 5년을 다녔지만 강당으로는 별로 가본 적이 없었다. 학교 행사를 제외하면 그다지 갈 일이 없었기 때문이다. 늘 보던 자리인데도 강당은 왠지 먼 곳처럼 느껴졌다.

"이쪽에서는 귀신을 못 볼 수밖에 없는 거 아니야? 강당에 드나드는 애들이 거의 없잖아."

"아니야, 여기도 사람들 꽤 있어. 강당 뒤에서 시간 보내는 애들도 있고. 그리고 강당을 연습실로 쓰는 경우도 있거든. 근데 본 사람이 하나도 안 나온단 말이야."

 그런가. 윤희의 말에 고개를 끄덕이며 성재는 운동장을 가로질렀다. 강당 쪽에서 나지막하게 노랫소리가 들려왔다.

"저기서 노래하나 봐."

"아마 합창부가 저기서 연습할 거야. 몇 주 됐을걸?"

 건물에 가까워질수록 노랫소리는 점점 커졌다. 강당 문은 닫혀 있었다. 벌컥 문을 열고 들어가기가 어색해서 성재는 문을 살짝 열고 그 틈으로 강당 안을 보았다.

그때 뒤에서 말소리가 들렸다.

"뭐 하니?"

두 사람은 뒤를 돌아보았다. 보통 키에 동그란 얼굴을 한 젊은 여자가 서 있었다. 성재도 아는 사람이었다. 두 사람의 반에 수업하러 들어오는 음악 선생님이었다. 여자 선생님인데 성이 '남' 씨라서 아이들은 그 선생님을 남 선생님이라고 부르며 재미있어했다. 아마 합창부의 지도를 맡고 있는 모양이었다.

"어, 선생님 안녕하세요?"

성재는 고개를 꾸벅 숙여 인사를 했다.

"너희들 2반 애들 아니니? 여기는 웬일이야, 무슨 볼일 있어?"

"아니요. 그런 건 아닌데……."

성재가 말끝을 흐리자 윤희가 재빨리 끼어들었다.

"볼일 있어요."

"어머, 그래?"

남 선생님은 윤희를 보며 재미있다는 듯한 얼굴을 했다.

"잠깐만 있다 가면 돼요."

"알았어. 합창부 연습 중이니까, 너무 크게 소리 내면 안 돼."

두 사람은 고개를 끄덕였다. 선생님이 강당 문을 여는 것을 보고 두 사람은 뒤따라 들어갔다. 아치형 천장에 마루로 마감을 한 널찍한 공간이 눈에 들어왔다. 반들반들한 바닥 사이로 나무 왁스 냄새가 조금씩 났다. 두 사람은 강당 한쪽으로 가서 섰다. 멀리 단상에서 서른 명가량의 아이들이 노래를 하고 있었다. 합창부였다. 그리고 단상 앞 강당 한가운데에서 예닐곱 명의 여자아이들이 탁구에 열중하는 모습이 보였다. 그 사이에 체육복을 입은 남자 선생님이 있었다.

"탁구부야."

윤희가 작게 말을 했다.

성재네 학교 탁구부는 꽤 실적이 좋아서, 도 단위 대회에서도 상을 받는 모양이었다. 성재도 아침 조회 시간에 탁구부원들이 상을 받는 것을 본 적이 있었다. 합창부와 탁구부, 양쪽 다 연습에 여념이 없었다.

"딱히 누구한테 말 붙이기가 그렇네."

"그러게……. 다들 연습한다고 바쁘네."

성재는 강당 한쪽 책상에서 교재를 뒤적이는 남 선생님에게 가서 물어보았다.

"근데 합창부는 왜 여기서 연습해요? 합창 연습실 있잖아요."

"연습실 저번 달에 공사 들어가서 못 쓰게 됐어. 그때까지 여기서 하는 거야."

"저기 탁구부도 그런 거예요?"

"응. 저기도 같이 공사하잖아. 우리랑 같이 왔어. 서로 불편하지만 같이 지내야지."

선생님은 악보처럼 보이는 노트를 챙겨 들고 합창부가 있는 단상 쪽으로 갔다. 본격적으로 지도를 하려는 모양이었다. 그 모습을 보니 뭔가 방해가 되는 것 같아 눈치가 보였다. 더 이상 여기에서 얻을 만한 건 없어 보였다. 두 사람은 일단 강당 밖으로 나왔다.

"다 같이 강당에 있어서 귀신이 안 나오는 거 아닐까?"

"그럴 리가 없어. 화장실을 갈 수도 있고, 따로 다닐 일이 있으니까. 바로 옆에 화장실 있잖아. 저리로 혼자 지나가면 딱 당하기 좋은 자리 아니야?"

맞는 얘기 같았다. 두 사람은 조금 기다려 보기로 했다. 윤희는 흙이 묻은 강당 앞 벤치에 거리낌 없이 앉았다. 성재는 손으로 앉을 자리를 털고 그 옆에 따라 앉았다. 어색한 공기가 감돌았다. 어쩌다 보니 며칠째 같이 다니고 있긴 하지만 두 사람은 그다지 친하지 않았다.

30분 정도 기다리니 합창부 부원들이 한 사람씩 나

왔다. 성재는 아이들을 한 명씩 살피다 아는 얼굴이 보이자 손을 흔들었다. 4학년 때 같은 반이었던 유경이라는 친구였다.

"안녕!"

손을 흔드는 성재를 보고 유경은 아는 척을 했다.

"여기 웬일이야?"

"아, 그냥 구경 왔어."

이런 일로 찾아왔다고 하기가 왠지 쑥스러웠다.

"사실은 물어볼 게 있어서."

성재는 대략의 사정을 얘기해 주었다.

"나도 그 얘기 들었어. 그것 때문에 애들끼리 난리던데?"

유경은 오히려 궁금해하는 모습이었다.

"너는 여기서 귀신 본 적 없어?"

"나는 본 적 없어. 나 말고 다른 부원들도 본 적 없는 것 같고."

"그렇구나. 그런데, 탁구부는 언제까지 연습하는 거야?"

"우리 가고 나서도 한참 할걸, 아마? 한 5시 반까지는 하는 것 같던데?"

"알았어. 고마워."

성재는 유경에게 인사를 했다.

탁구부가 연습을 마칠 때까지 조금만 더 있어야겠다고 생각하며 성재는 윤희와 함께 다시 한참을 기다렸다. 4시 반에 학원에 가야 했지만 오늘은 빠질 수밖에 없었다. 성재는 어머니에게 전화해 친구 집에 갈 거라며 윤희를 바꿔 주었다. 윤희도 마찬가지로 자기 집에 전화해 그렇게 했다. 서로의 알리바이를 만들어 준 셈이었다.

5시가 가까워지자 사람들이 나오는 소리가 들렸다. 탁구부 부원들이었다. 이쪽은 합창부와 달리 몇 사람 되지 않아 아는 사람이 없는지라 자연스럽게 접근하기 어려웠다. 코치 선생님이 부원들과 함께 있어서 더 그렇게 느껴졌다. 모두 처음 보는 얼굴들이었다. 부원들은 순식간에 성재를 스쳐 지나갔다. 저 중 한 명에게 말을 거는 건 불가능해 보였다.

"이거 안 되겠는데……."

난감해하는 성재를 보며 윤희도 아쉬운 표정을 지었다. 두 사람은 일단 강당으로 걸음을 옮겼다. 혹시 모르니까, 안쪽도 확인해 보려는 의도였다.

강당 문을 열고 들어가자 탁구부 운동복을 입은 여학생 한 명이 뒷정리를 하고 있었다. 큰 키에 호리호리

하고 아주 짧게 단발한 여학생이었다. 인기척을 느낀 여학생은 성재 쪽을 돌아보았다. 체구나 분위기로 보아 아무래도 6학년인 것 같았다.

"안녕하세요?"

성재는 어색하게 말을 붙여 보았다. 여학생은 두 사람을 빤히 쳐다보며 아무런 말도 하지 않았다. 운동복 가슴팍에 '황수연'이라는 이름표가 붙어 있었다.

"저기, 누나 혹시 6학년이세요?"

"맞아, 그런데?"

수연이 대답했다. 목소리가 약간 탁해 마치 남자아이 같았다.

"혼자서 정리하시는 거예요?"

"응. 왜?"

수연은 무심하게 대답했다. 그 모습에 성재는 조금 움츠러들었다.

"오래 걸리는 거 아니야. 뭐 할 말 있어?"

"물어볼 게 있어서요."

머뭇거리는 성재를 보고 윤희가 끼어들었다.

"언니 귀신 본 적 있으세요?"

"무슨 소리야?"

"학교에 귀신이 나온다고 소문이 났는데, 이쪽에서

본 사람이 없나 싶어서요."

"우리 쪽은 없어. 난 귀신 얘기도 처음 듣는데?"

무슨 뜬구름 잡는 소리냐는 듯, 수연은 두 사람을 번갈아 가며 보았다. 무언가 더 물어보고 싶었지만 어색해서 입이 떨어지지 않았다. 윤희는 성재를 가로막고 재빨리 인사를 했다.

"알았어요. 언니 고마워요."

성재는 윤희에게 끌려 나가다시피 밖으로 나갔다. 어렵사리 얻은 기회를 왜 이렇게 갑작스럽게 끝내는지 성재는 이해할 수 없었다.

"왜 그래? 궁금한 거 없어?"

"됐어. 더 이상 얻어 낼 거 없어."

정문 쪽으로 발걸음을 옮기며 윤희는 얘기를 했다.

"보면 모르겠어? 저기 탁구부 분위기는 정상이 아니야."

"아니, 왜? 난 잘 모르겠는데?"

"조금 전에 어땠는지 생각해 봐. 4학년 때 지원자를 받으니까, 탁구부는 4학년부터 6학년까지 있거든. 그러면 저런 운동부에서 잡일은 후배들 몫이란 말이야. 4학년이 어려서 안 한다고 치면 5학년이 하겠지. 그리고 그걸 코치 선생님이 도와주든가. 정 아니면 다 같이 할 거야. 그런데 저기서는 저걸 전부 저 6학년 언니가 혼자서 하고 있잖아. 보통 운동부라면 저럴 수 없어. 그러니까……."

윤희는 말을 이었다.

"저 언니는 따돌림 당하고 있는 거지."

"그래?"

성재는 조금 전의 상황을 되새겨 보았다. 이건 생각지도 못한 부분이었다.

"저 코치 선생님한테도 문제가 있어. 모른 척 손 놓고 있을 수도 있고. 그리고 말이야."

윤희는 걸음을 멈추더니 성재를 곁눈질로 보았다.

"저 언니, 거짓말 하고 있어."

* * *

탁구부를 오래 지켜볼수록 문제가 무엇인지 더 확실하게 알 수 있었다.

그것은 하루 이틀 문제가 아닌 것 같았다. 언니는 거의 따돌림을 당하고 있었다. 뒷정리를 하는 것도 언니 혼자의 일이었다. 왜 그런지 승아가 넌지시 물을 때마다 언니는 슬픈 표정으로 웃었다.

그게 탁구부 코치의 묵인하에 일어나는 문제인 것은 분명해 보였다. 처음에는 따돌림을 당하는 것을 방치하고 있는 줄 알았지만, 코치와 함께 있을 때도 연습 방식이 바뀌지 않는 것을 보고 사실상 코치가 주도하고 있는 것이나 마찬가지라는 것을 알았다.

 탁구부 코치는 한눈에 봐도 싫은 사람이었다. 그런 일을 하고 있으니 본인도 운동을 했을 텐데, 그 사람은 전혀 운동을 한 것처럼 보이지 않았다. 승아는 처음에 싹싹하게 인사를 해 봤으나 그는 건성으로 대답하며 실실 웃기만 했다. 승아와 아이들이 지나갈 때면 그는 먼 산을 보는 척하고 승아를 흘끔흘끔 보았다. 가끔 기름기가 잔뜩 낀 얼굴로 씻지도 않고 나타나 술 냄새를 풍기기도 했다. 승아는 처음에 형식적으로 인사했으나 갈수록 모른 체하게 되었다.

 더 큰 문제는 코치가 언니를 때린다는 것이었다. 폭력 사태로 번지는 게 두렵지 않은지 그는 언니를 공공연하게 때렸다. 합창부원들 수십 명이 보고 있는 상태에서 언니는 날마다 퍽 소리가 나도록 그에게 두들겨 맞았다. 강당 한편에 놓여 있던 기다란 몽둥이는 전적으로 언니를 때리기 위한 도구였다. 탁구부 아이들은 그 광경이 익숙한지 별다른 내색을 하지 않았다.

처음 한동안 승아는 못 본 척을 하려고 했다. 하지만 그날 뺨을 날리는 코치의 우악스러운 손에 언니가 픽 쓰러지는 걸 보고 견딜 수 없어졌다. 승아는 아이들과 노래 연습을 하다 단상에서 내려와 뛰쳐나갔다. 한 사람의 갑작스러운 이탈에 노래가 중단되었다. 아이들이 다 승아를 쳐다보았다.

"대체 무슨 짓이에요?"

코치는 승아를 내려다보았다. 가뜩이나 거구의 남자라 승아와는 까마득하게 키 차이가 났다.

"무슨 상관이야?"

"그렇게 때리시면 다른 선생님들께 말할 거예요."

"말해 봐. 어디 내가 가만있는지 두고 봐."

승아의 말에 코치는 코웃음을 쳤다.

"어른이 돼 가지고, 애 때리는 거 부끄럽지도 않아?"

승아는 눈물이 그렁그렁한 눈으로 코치를 노려보았다. 눈 하나 깜짝하지 않는 그 모습이 혐오스러웠다. 시선을 돌리니 언니가 자신을 보고 있었다. 더 이상 이 상황을 견딜 수 없어진 승아는 언니의 손을 잡고 밖으로 뛰쳐나갔다.

뒤도 돌아보지 않고 계속 걸었다. 주체할 수 없을 정도로 눈물이 솟았다. 가슴이 두근거려 진정이 되지 않았다. 교문을 지나 한참을 걷고서야 조금 정신이 들었다. 승아는 고개를 돌려 언니를 보았다. 걱정스러운 눈으로 자신을 보고 있는 그 얼굴을 보자 마음이 아팠다.

"고마워. 그렇게 해 줘서."

"아니야. 힘이 못 돼 줘서 미안해."

언니는 고개를 숙였다. 언니가 미안해할 필요 없어, 하는 말이 목 끝까지 올라왔다.

그렇게 한동안 서 있었다.

"저기 나 부탁이 있어."

승아는 언니를 보며 오랫동안 망설였던 말을 꺼내 보았다.

"내 이름 한 번만 불러 주면 안 돼?"

언니는 승아를 계속 보더니 떨리는 목소리로 입술을 열었다.

"승아야."

승아는 언니의 품에 안겨 한참을 울었다.

6.

그래도 합창부에 아는 친구가 있어서 다행이었다. 성재는 첫 번째 수업이 끝나자마자 어제 강당 앞에서 만났던 합창부 단원 유경의 반을 찾았다. 4반의 맨 뒷자리에 앉아 있는 유경과 눈이 마주치자 성재는 손짓을 했다.

* * *

하루 전에 윤희와 나눈 대화가 떠올랐다. 윤희는 강당에서 만난 황수연이라는 6학년 탁구부원이 거짓말을 하고 있다고 했다.

"저 언니, 거짓말 하고 있어."

"왜? 내가 볼 땐 그렇게 안 보이던데?"

성재의 말에 윤희는 눈썹을 살짝 움직였다.

"요즘 학교 분위기 어떤지 알잖아. 애들이 쉬는 시간만 되면 귀신 얘기를 하는데, 관심이 없을 수는 있어도 모를 수는 없어. 그런데 방금 그 언니가 뭐라고 말했는지 생각해 봐. '우리 쪽은 없어, 난 귀신 얘기도 처음 듣는데.'라고 했단 말이야. '우리 쪽'이라는 말은 다른 쪽이 있다는 얘기야. 다른 쪽이 어디겠어?"

윤희는 갑자기 말을 끊고서 목소리를 낮추었다.

"귀신이 나타나는 쪽이지."

그 말을 듣자 소름이 확 올라왔다. 여전히 윤희는 표

정을 바꾸지 않았다.

"그러니까, 저 언니는 귀신이 나오는 데가 어딘지 알고 있다는 얘기야. 그리고 강당 쪽으로 귀신이 안 온다는 것도……. 그리고 아마 저 코치는 임시로 온 사람일 거야."

"왜 그렇게 생각하는데?"

"저 언니가 따돌림 당하고 있잖아. 정식 코치라면 웬만해서는 팀이 저렇게 굴러가도록 두지 않을 거야. 하지만 임시로 며칠간 지도한다고 치면 굳이 내부 질서를 건드릴 필요가 없지. 운동부는 폐쇄적인 집단이라 내부의 규율이 있고 질서가 있으니까. 그러니 그 언니가 혼자서 뒷정리를 하고 따돌림 당하는 모양새가 되더라도 간섭을 안 하는 거야. 그 코치 선생님은 외부인이니까."

"왜 임시 코치가 왔을까?"

"그 전 코치 선생님이 갑자기 없어졌기 때문이 아닐까?"

윤희는 말을 이었다.

"어쩌면 거의 다 왔을지도 몰라."

***

멍하니 서 있는 성재에게 유경이 말을 걸었다.

"웬일이야, 박성재. 어제는 강당에 오더니 오늘은 교실까지 찾아온 거야?"

"어, 어제 못 물어본 게 있어서. 저기 혹시 말이야……."

성재는 윤희가 알려 준 사항을 물어보았다.

"저번 한 달 사이에 탁구부 코치 선생님 바뀌었어?"

유경은 고개를 끄덕였다.

"응, 맞아. 그 전 코치 선생님이 하다가 얼마 동안 체육 선생님이 했는데, 며칠 전부터 또 다른 분이 하더라고."

역시 윤희의 말이 맞았다. 한 번에 넘겨짚은 윤희의 추측에 성재는 놀라움을 느꼈다.

"그럼 혹시 네진에 그 선생님 어떻게 생겼는지 알 수 있을까?"

유경은 고개를 갸웃거렸다.

"예전 탁구부 코치 선생님? 그게 설명이 되나? 그냥 아저씨인데…… 키 크고. 머리 조금 벗어지고."

"아무거나 괜찮아. 특징 같은 거 생각나는 거 있으면 다 얘기해 줘."

유경은 손으로 목을 긁적이며 휴대폰을 꺼냈다.

"글쎄……. 잠깐만 기다려 봐."

유경은 휴대폰의 사진 메뉴를 열고 사진을 넘기며 한 장씩 찬찬히 살폈다.

"어, 여기 있어."

유경은 사진을 보여주었다. 강당 내부를 배경으로 한 평범한 셀카였다.

"합창부 연습하다가 찍은 건데……."

유경은 손을 움직여 사진을 확대해 보았다. 예쁜 표정을 짓고 있는 유경의 뒤로 탁구부가 연습하는 모습이 보였다. 유경은 그중 흰 트레이닝복을 입은 남자를 가리켰다.

"이 사람 있잖아. 예전 코치 선생님이야."

"저기, 이 사진 나 좀 주면 안 될까?"

성재는 교실로 돌아와 윤희에게 전송받은 사진을 보여 주었다. 사진을 본 윤희의 목소리가 살짝 떨렸다.

"역시 맞았어."

윤희는 성재의 휴대폰을 들고 맨 앞자리 은미에게로 갔다. 반에서 귀신을 거의 처음으로 본 아이 중 하나였다. 윤희는 은미에게 사진을 보여 주었다.

"은미야. 저기 혹시 네가 봤다는 귀신 말이야. 이 사람 아니야?"

사진을 보는 은미의 눈이 커졌다.

"좀 흐릿하긴 한데……. 맞는 것 같아. 이 사람."

* * *

그날 한 번 난리를 쳤기 때문인지 더 이상 코치는 언니를 때리지 않았다.

그렇다고 상황이 나아진 건 아니었다. 여전히 코치는 교묘한 방법으로 언니를 괴롭히고 있었다. 그 전보다 연습량도 더욱 많아졌다. 예전에는 어느 정도 숨 돌릴 틈이 있었으나 이제 코치는 거의 언니를 못 쉬게 했다. 신경이 쓰여서 승아는 합창부 연습에 집중이 되지 않았다. 땀을 비 오듯 흘리는 언니를 걱정스레 보는 승아를 향해 코치는 징그럽게 웃었다.

듣자 하니 코치는 교장 선생님의 친척이라는 것 같았다. 술을 마시고 행패를 부려 몇 년 쉬다가 다시 나오는 모양이었다. 언젠가는 저 자리에서 끌어내려 버리겠다고 승아는 생각했다. 워낙 행동거지가 나쁜 사람이라 그런 증거를 모으기 쉬울 것 같았다.

합창부 연습을 마치고 승아는 여느 때처럼 약속한 장소에서 언니를 기다렸다.

하지만 시간이 지나도 언니는 오지 않았다. 오늘은 왜 이렇게 늦나 하며 승아는 시계를 보았다. 늘 마치던 시간에서 이미 거의 30분이 넘게 지나 있었다. 새로 할당받은 일이 있는지도 몰랐다.

혹시나 하는 마음에 승아는 강당으로 갔다. 간섭을 많이 하는 건 좋지 않지만, 만약 일이 많다면 도와줄 작정이었다.

강당 문 쪽으로 다가가자 아무런 소리가 들리지 않았다. 언니가 없는 건가 생각하며 승아는 문을 열었다.

그리고 승아는 믿을 수 없는 광경을 보았다.

코치가 언니를 덮치고 있었다.

언니는 그 밑에 깔려서 몸부림을 쳤다. 코치는 우악스러운 손으로 언니를 마구 짓눌렀다. 코치의 흰 트레이닝복이 무릎까지 내려가 있었다.

머릿속에서 무언가가 끊어지는 것 같았다. 승아는 나지막하게 떨어져, 하고 말했다. 코치는 승아의 목소리를 듣지 못한 것 같았다.

"떨어져!"

승아는 소리를 쳤다. 코치는 뒤를 돌아보았다. 놀란 것 같은 표정이었다.

"떨어지라고!"

소리를 지르며 승아는 코치에게 달려들었다. 그리고 코치의 어깻죽지를 잡고 옆으로 패대기쳤다. 코치는 당혹스러운 얼굴로 주저앉아 승아를 올려다보았다. 그 짐승 같은 얼굴을 보자 뜨거운 것이 가슴에서부터 확 하고 솟았다. 승아는 코치에게 달려들어 그 위에 올라타고 목을 사정없이 졸랐다. 어디서 그런 힘이 나오는지 알 수 없었다.

"감히 더러운 손을."

코치의 얼굴이 금세 새파래졌다.

"어디다가……."

주체할 수 없을 정도로 눈물이 떨어졌다. 그때 코치가 무릎을 들어 승아의 배를 찼다. 순간 몸이 앞으로 확 꺾였다. 갑작스러운 통증에 승아는 배를 움켜쥐었다. 옆으로 나동그라진 승아의 위에 코치가 올라탔다. 그 무지막지한 손길에서 벗어나려고 안간힘을 썼다. 하지만 어른 남자의 힘을 당해 낼 수는 없었다.

"나는 네가 처음부터 싫었어."

코치는 승아를 보며 이마에 핏대를 세우고 부들부들 떨었다.

"어린 게 어른 무시하고, 잘난 척하고. 콧대 세우고. 너는 네가 대단한 것 같지? 근데, 너나 나나 똑같아. 전혀 다를 거 없는 위치라고."

코치는 무지막지한 힘으로 승아의 목을 졸랐다. 애를 써 보았지만 승아는 조금도 움직일 수 없었다. 숨이 점점 막혀 왔다. 꺼져 가는 승아의 시야에 어슴푸레 언니의 얼굴이 겹쳐졌다.

그때 갑자기 승아의 목을 조르고 있던 손이 탁 하고 풀렸다. 무섭게 힘을 쓰던 코치의 몸이 갑자기 굳었다. 코치는 눈을 크게 뜨고 뒤통수 쪽에 손을 올렸다. 그쪽에서 피가 주르륵 흘렀다.

승아는 코치의 어깨 너머를 보았다. 그 뒤로 기다란 몽둥이를 들고 벌벌 떠는 언니가 보였다.

코치가 언니에게 달려들려고 할 때 언니는 몽둥이로 코치의 머리를 다시 한번 내리쳤다. 그의 몸이 확 꺾이자 언니는 몽둥이를 몇 번이고 휘둘렀다.

코치는 눈을 부릅뜬 채로 바닥에 엎어져 움직이지 않았다.

강당 아래 마룻바닥에 피가 끝없이 번졌다.

7.

"탁구부 코치 선생님이 귀신이라고?"

윤희는 고개를 끄덕였다. 성재의 등줄기에 오한이 확 끼쳤다. 짐작대로라면 탁구부 코치 선생님은 이곳에서 죽어 귀신으로 학교를 배회하고 있었다.

"이 사실을 아는 사람이 있을까?"

"지금 돌아다니는 귀신은 생전 그대로의 모습이니까, 선생님 중에서도 본 사람이 있지 않겠어?"

"그런데 왜 애들은 귀신이 탁구부 코치 선생님이라는 걸 아무도 몰랐을까?"

"아마 그 코치도 학교에 온 지 얼마 안 된 사람이라서 그런 거 아닐까? 아직 5월이니까, 올해 초에 온 사람 같으면 애들도 잘 모를 거야. 그리고 너 예전 탁구부 코치 선생님 기억나?"

성재는 예전 탁구부 코치의 얼굴을 떠올려 보려고 했지만 생각나지 않았다. 그런 사람이 있긴 했지만 구체적인 생김새는 남아 있지 않은 느낌이었다.

"봐, 너도 잘 모르잖아. 탁구부 담당은 오로지 탁구부만 보는 거야. 음악 선생님처럼 합창부도 맡고 수업도 들어오는 게 아니라고. 만약 새로 온 코치가 연습실만 왔다 갔다 한다고 치면 당연히 애들은 그 사람이 누군지 잘 모르지. 본다고 해도 크게 신경 안 쓰고. 설령 귀신으로 나타나더라도."

"뭔가 복잡하네."

자꾸 식은땀이 나서 성재는 볼 언저리를 훔쳤다.

"학교를 배회하고 있다는 건 여기서 죽었다는 얘기야. 그리고 멀쩡한 사람이 갑자기 병으로 죽는 건 흔하지 않고, 학교에서 딱히 사고가 났다는 말을 우리가 들은 적이 없으니까……."

윤희의 얼굴이 서늘해졌다.

"누가 죽인 거겠지. 그래서 귀신으로 나타나는 거야. 원한을 가지고."

"어쩌지? 그러면 신고해야 하는 거 아니야?"

윤희는 고개를 저었다.

"귀신을 어떻게 신고를 해? 누구한테 얘기한다고 해서 믿어 줄지도 알 수 없는 일이야. 분명한 건 그 사람을 죽인 사람이 있다는 거야."

윤희가 낮은 목소리로 말했다.

"일단 확인해야 할 게 있어. 직접 봐야 해. 학교를 돌아다니는 귀신이 그 사람이 맞는지. 혹시라도 아닐 수 있으니까."

성재는 소름이 오싹 끼쳤다. 윤희는 직접 그 귀신을 찾으려 하고 있었다.

"저 정도로 자주 눈에 띄면, 일부러 찾아다녀도 볼 수 있어. 너까지 굳이 볼 필요 없으니까, 나 혼자 갈게. 난 귀신 많이 봐서 괜찮아."

윤희의 태도는 단호해 보였다. 말리고 싶었지만 그런다고 될 것 같지가 않았다.

"아니야, 나도 같이 가."

성재는 용기를 내 보았다.

"너까지 끼어들 필요 없어."

윤희는 당연하다는 듯 성재의 제안을 거절했다. 하지만 윤희를 정말로 혼자 다니게 둘 수는 없었다. 윤희는 귀신이 사람에게 해를 끼치지 않는다고 했지만 어떤 일을 당할지 몰랐다.

성재는 윤희의 눈을 똑바로 보고 말했다.

"너 내가 대장이라며. 내가 먼저 시작하고 안건에 올린 건데, 당연히 대장이 같이 가야 하는 거 아니야?"

윤희는 잠시 아무런 말도 하지 않더니 이내 수긍을 했다.

* * *

수업을 마치고 두 사람은 학교를 샅샅이 돌았다. 강당에 나타나지 않는다는 것 외에 딱히 정해진 시간이

나 장소는 없었으므로, 거의 모든 장소가 탐색의 대상이 되었다. 뒤쪽 주차장부터 운동장, 동물 사육장, 각 학년 교사 및 옥상까지 다닐 수 있는 장소들을 다 훑었다. 혹시 몰라서, 자재를 쌓아 두는 담장 뒤쪽 자리까지 구석구석을 모두 다녔다.

"그런데 너는 원래 귀신이 보인다고 했잖아."

성재는 학교를 돌며 윤희에게 물어보았다.

"그러면 네 눈에만 보이는 귀신이랑, 남들 눈에도 보이는 귀신은 어떻게 구별해?"

성재의 물음에 윤희는 묘한 표정을 지었다.

"파랗게 빛나. 그냥 귀신은 아무 색깔이 없는데, 남들 눈에도 보이는 귀신은 파랗게 되거든."

하지만 그렇게 아이들 앞에서 자주 보이던 귀신은 일부러 찾으려고 하니 잘 보이지 않았다. 수업을 마치고 날마다 두 시간 동안 학교 여기저기를 돌아다녀도 귀신은 찾을 수 없었다. 첫날은 그런가 보다 했지만 이틀이 되고 사흘이 되니 지치는 느낌이었다. 이대로 귀신이 사라져 버린 게 아닌가 하는 생각마저 들었다.

나흘째가 되는 날이었다. 두 사람은 주말에도 학교에 나와 귀신을 찾았지만 여전히 진전은 없었다. 가뜩이나 무서운데, 나오지도 않은 귀신을 찾으려니 더욱 피곤한 느낌이었다. 윤희와는 거의 아무런 말도 하지 않았다. 이렇게 기약 없이 귀신을 찾아다니는 게 무슨 소용인가 싶었다.

1교사와 2교사 사이의 분수 앞을 지날 때였다. 낮에 물줄기를 틀어 줘서 점심시간에 아이들이 자주 찾는 장소였다. 지금은 토요일이라 가동이 중단된 상태였다. 분수 주위에는 아무도 없었다. 성재는 윤희와 함께 분수를 지나 앞쪽 건물로 걸었다.

"성재야, 잠깐만."

윤희의 말을 듣고 성재는 멈춰 섰다.

윤희는 낮은 목소리로 속삭였다.

"저기, 뒤."

성재는 조심스레 뒤를 돌아보았다. 그리고 순간 숨이 멎는 것 같은 기분을 느꼈다.

사진에서 본 그 아저씨가 서 있었다. 탁구부 코치였다. 귀신의 모습을 설명하던 은미의 말이 생각났다.

사람이 아니라니까.

그와 마주하니 그게 무슨 말인지 알 수 있었다. 그에게서는 산 사람의 기운이 느껴지지 않았다. 피부는 하얗게 질린 납빛이었고 눈매는 흐리멍덩해 전혀 생기가 없었다. 풀밭을 구른 사람처럼 몸 전체에 녹색 물이 묻어 있었다. 흰 트레이닝복을 입은 몸이 푸르스름하게 빛났다.

성재의 손이 축축하게 젖어 왔다. 가슴이 뛰어서 숨을 쉬기가 힘들었다. 땀을 닦고 싶었지만 몸을 움직일 수조차 없었다.

"놀라지 마. 괜찮아. 귀신은 사람한테 해를 끼칠 수 없어."

윤희가 성재를 진정시키고는 귀신에게 대담하게 물었다.

"당신을 죽인 사람이 누구인가요?"

귀신은 계속 두 사람을 노려보았다. 아무 말도 없이 서로를 바라보는 시간이 계속되었다.

"귀신도 말할 수 있어?"

"아니, 보통은 말 안 해. 그렇지만 저 사람은 혹시 다를까 해서."

귀신은 두 사람을 계속 보더니 고개를 돌려 다른 방향으로 걸었다. 건물 모퉁이로 들어가는 귀신을 보며 윤희는 그를 따라가다 모퉁이 앞에서 멈춰 섰다. 이미 사라져 버린 모양이었다.

"없어졌어?"

성재의 물음에 윤희는 고개를 끄덕였다.

"역시 맞았어. 귀신은 탁구 코치 선생님이야."

귀신이 사라지자 긴장이 탁 풀렸다. 온몸에 구슬 같은 땀방울이 쏟아졌다. 가쁘게 숨을 몰아쉬는 성재를 보고 윤희는 많이 놀란 모습이었다.

"괜찮아?"

성재는 애써 아무렇지 않은 듯한 표정을 지어 보였다.

"일단은 가자. 나머지는 월요일에 얘기해."

윤희는 걱정스레 성재의 손을 잡아끌었다. 귀신을 봐도 그다지 당황하지 않는 윤희의 모습이 성재는 뭔가 낯설게 느껴졌다.

"너 저런 걸 매일 보고 있는 거야?"

윤희는 아무런 말도 하지 않았다. 성재는 왜 윤희가 그렇게 혼자 다니는지 어렴풋이 알 수 있었다. 매일 저런 광경을 볼 윤희의 세계가 어떨지 도무지 상상이 가지 않았다.

"아마 코치 선생님은 강당에서 죽었을 거야."

"그런데 왜 강당에 가지 않을까?"

"가지 못할 이유가 있는 거지. 그렇기 때문에 오히려 강당 밖을 떠도는 건지도 몰라."

윤희는 귀신이 사라진 건물 쪽을 보았다.

"내가 죽은 걸 알아달라고."

* * *

승아는 언니와 함께 한참 동안 강당 마루를 닦았다. 피가 워낙 많이 번져 아무리 걸레질을 해도 잘 되지 않았다. 하얀 천이 붉게 물들고 또 물들도록 두 사람은 수도 없이 바닥을 훔쳤다.

시신을 처리하는 건 더 문제였다. 당장 학교 밖으로 시신을 운반하는 건 무리였다. 승아는 언니와 함께 코치의 시신을 들고 강당 밖으로 날랐다. 일단 시체를 풀밭 위에 내려놓고 승아는 창고에서 삽을 꺼냈다. 그리고 강당 뒤 자재가 어지럽게 놓여 있는 흙바닥에 구덩이를 팠다. 코치의 흰 트레이닝복에 녹색 풀물이 번졌.

땀이 비 오듯 쏟아졌지만 조금이라도 빨리 끝내야 했다. 두 사람은 시신을 묻는 동안 아무 말도 하지 않았다. 그저 묵묵히 땅을 파고 흙으로 덮기만 했다.

그러다 모든 일을 끝냈을 때, 언니는 승아에게 미안하다며 눈물을 흘렸다. 언니가 미안해할 일이 아니야, 하며 승아는 함께 울었다. 무슨 일이 어떻게 돌아가는지도 알 수 없었다. 언니가 충격을 크게 받은 상태라서 승아는 그게 너무 걱정되었다.

다음 날 두 사람은 강당에서 아는 체를 하지 않았다. 이렇게 하자며 말을 맞춘 건 아니었지만 자연스럽게 그렇게 되었다. 일종의 공범이었기 때문인지도 몰랐다. 코치가 오지 않았으므로 탁구부는 그날 하루 자율 연습을 했다. 혹시나 경찰이 들이닥치지 않을까 하는 생각에 승아는 연습을 하면서도 몇 번이나 마음을 졸였다.

코치의 부재가 길어지자 체육 선생님이 임시로 탁구부를 지도하게 되었다. 학교 측은 술을 좋아하고 도박 빚도 있는 코치가 결국 도망친 걸로 짐작하고 있는 모양이었다. 승아와 언니에게는 차라리 다행스러운 일이었다. 아무 말도 하지 않고 각자의 일과를 보낸 두 사람은 집에 갈 때만 함께 움직였다 승아가 기다리는 곳에 언니가 찾아와 함께 하교하는 건 두 사람에게 바뀌지 않는 일상이었다.

* * *

그렇게 며칠이 지났을 때였다.

승아는 강당 앞 화장실에서 다시 코치를 보았다.

그는 마치 산 사람이 아닌 것 같은 몰골로 승아 앞에 서 있었다. 온몸은 하얗게 질려 있고 눈빛에는 생기가 없었다. 풀물이 묻은 트레이닝복에서는 푸르스름한 빛이 났다. 그는 그 모습으로 승아에게 조금씩 다가왔다.

가슴이 얼어붙는 것 같았다. 비명을 지르고 싶었지만 목소리가 나오지 않았다. 온몸이 딱딱하게 굳은 것처럼 조금도 움직일 수 없었다. 5월의 훈훈한 공기가 차갑게 바뀌어 싸늘한 기운이 감돌았다.

코치는 계속 승아를 바라보았다.

문득 그런 생각이 들었다.

어차피 산 사람이 아니다. 나는 그를 무서워할 필요가 없다. 아무리 끔찍한 모습으로 나타나도 그는 나를 해칠 수 없다.

그렇게 생각하며 승아는 코치를 대담하게 노려보며 말했다.

"당신은 염치라는 게 없는 인간이야. 살아 있을 때 그런 끔찍한 일을 저질러 놓고서, 죽어서 또 나오려고? 그것도 내 앞에서? 당신은 어떻게 부끄러움이라는 게 없어? 나는 당신을 열 번이고 백 번이고 지금처럼 만들어 줄 수 있어. 하나도 겁 안 나. 그리고 그때 했던 일을 생각하면, 당신은 죽어야 마땅하다고 생각해."

그의 표정에는 아무런 변화가 없었다. 그 맥없는 얼굴을 보니 승아는 더욱 화가 치밀었다.

"경고하는데, 우리 앞에 나타나지 마. 이 주위에 다시 한번 나타났다가 내 눈에 띄면 그때는, 내가 할 수 있는 모든 수단을 동원해서 당신을 비참하게 만들어 줄 거야."

말을 하면 할수록 더 분노가 끓어올랐다. 당장이라도 후려칠 기세로 승아는 매섭게 코치를 보았다. 코치는 여전히 무표정한 얼굴로 서 있었다. 한참을 그렇게 있던 코치는 천천히 몸을 돌려 반대편으로 사라졌다.

8.

주말이 지나고, 성새와 윤희는 수업을 마친 뒤 강당 쪽으로 향했다. 여전히 강당에서는 탁구 연습이 한창이었다. 맞은편에서는 합창부가 연습을 하고 있었다. 강당 문밖에서 그 광경을 보고 윤희는 일단 기다리자고 했다.

시간이 한참 지나자 합창부 아이들이 하나씩 밖으로 나왔다. 두 사람은 침착하게 그 앞에서 한 명씩 부원들이 나오길 기다렸다. 이윽고 남 선생님이 아이들을 따라 나왔다. 성재는 남 선생님에게 다가가 인사를 했다.

"안녕하세요."

"어, 그래. 안녕? 또 만나네. 오늘은 무슨 일이야?"

남 선생님은 여전히 밝아 보이는 모습이었다.

"오늘은 선생님께 볼일이 있어서 왔어요."

"무슨 일인데?"

성재는 주위를 둘러보았다.

"여기서 얘기하기는 좀 그래요."

성재가 그렇게 말하자 남 선생님은 눈을 동그랗게 떴다. 그러더니 이내 차분한 표정으로 고개를 끄덕였다. 심상치 않은 기운을 느낀 모양이었다.

"알았어."

세 사람은 음악실로 자리를 옮겼다. 평소에는 음악 수업을 할 때가 아니면 들를 일이 없는 곳이었다. 성재와 윤희가 자리에 앉자 남 선생님은 커피포트에서 물을 따랐다. 코코아를 마시지 않겠냐는 선생님의 말씀에 성재는 고개를 저었다. 그러자 선생님은 녹차 티백을 꺼내 머그잔에 하나씩 담가 주었다.

녹차를 한 모금 마시자 남 선생님이 두 사람을 보며 말을 했다.

"그래, 할 말이 뭐야?"

"저기 선생님."

성재는 침을 꿀꺽 삼켰다. 선생님에게 이런 말을 한다고 생각하니 쉽게 진정이 되지 않았다.

"학교에 귀신 나타나는 거 아시죠?"

성재의 말에 남 선생님은 알 수 없는 표정을 지었다.

"음, 귀신? 그거 애들 사이에서 도는 소문 아니니? 선생님 어릴 때도 그런 거 있었어. 빨간 마스크 귀신이나……."

그때 윤희는 선생님의 말씀을 끊었다.

"선생님, 저희 농담하는 거 아니에요. 학교에 귀신이 나와요. 그리고 그 귀신은 탁구 코치 선생님이에요."

순간 남 선생님의 표정이 굳었다. 윤희는 남 선생님에게서 눈을 떼지 않았다.

"그리고 저희는 선생님이 범인이라고 생각해요. 남승아 선생님."

***

저희는 선생님이 범인이라고 생각해요. 남승아 선생님.

그 말이 마치 승아에게는 꿈결처럼 들렸다. 아이들

이 무어라고 계속 말을 하고 있었지만 점점 볼륨이 줄어드는 것처럼 그 목소리가 들리지 않았다. 무슨 말을 하고 있는 걸까.

그리고 이 아이들은 그걸 어떻게 안 걸까?

TV 화면이 꺼지듯이 아이들의 모습이 점점 눈앞에서 검게 흐려졌다.

"선생님?"

여자아이의 목소리에 다시 정신이 번쩍 들었다. 두 아이는 자신을 바라보고 있었다. 양쪽 모두 조금의 흐트러짐도 없는 눈빛이었다.

그 모습을 보니 무언가 마음이 편해졌다.

여기까지일까.

그때 음악실 문을 열고 언니가 들어왔다. 탁구부 연습을 마친 모양이었다. 언니는 승아의 앞에 있는 아이들을 보고 무척 놀란 것 같았다. 어떻게 할지 주저하는 언니에게 승아는 손짓을 했다.

"됐어. 언니, 놀라지 마. 얘들 다 알고 왔어."

* * *

성재는 귀를 의심했다.

음악실에 들어온 사람은 지난번에 강당에서 만났던 황수연이라는 6학년 학생이었다. 남 선생님은 그 학생을 '언니'라고 부르고 있었다. 이해가 가지 않았다. 두 사람이 무슨 관계인지는 몰라도 선생님이 최소한 열서너 살은 많지 않을까? 왜 저 학생이 선생님의 언니일까?

윤희도 많이 놀란 눈치였다. '언니'라고 불린 그 학생은 천천히 들어와서 선생님의 옆에 앉았다. 어색한 기운이 감돌았다. 대체 어떤 말부터 꺼내야 할지 알 수 없었다.

남 선생님은 침착한 눈으로 두 사람을 보았다.

"어디서부터 설명해야 좋을까?"

9.

남 선생님은 담담한 어조로 두 사람에게 그동안의 이야기를 늘어놓았다. 그것은 성재가 생각지도 못했던 내용이었다. 윤희가 눈대중으로 범위를 좁혀서 이 단계까지 얼추 맞히긴 했지만 그 사이에 숨어 있는 내력까지 다 알 수는 없었다. 특히 탁구부 코치가 직접 왕따를 조장하고 학대를 일삼을 정도로 형편없는 사람이라는 걸 윤희는 미처 짐작하지 못했다.

선생님은 왜 자기보다 한참 어린 수연을 '언니'라고 부르는지도 말해 주었다. 그것은 무척 비밀스러운 사연임이 분명했지만 선생님은 그다지 거리낌이 없는 듯했다. 특정한 대목에서 선생님이 주저하자 수연이 말을 받았다. 그리고 선생님이 말하기 껄끄러워하는 부분을 직접 이야기해 주었다. 굉장한 감정의 동요가 일어날 만한 충격적인 내용이었으나 수연은 그다지 흔들리지 않는 기색이었다. 오히려 선생님보다 수연 쪽이 더 침착해 보이는 것이 정말로 언니처럼 느껴졌다.

한참이 지나 이야기가 다 끝났다. 양쪽에서 잠시간 정적이 흘렀다.

윤희는 무언가 납득이 된다는 듯한 표정을 지었다.

"그래서 귀신이 강당 쪽에는 안 나타났던 거네요."

"나는 지금도 후회하지 않아. 이게 우리가 얘기할 수 있는 전부야. 알리고 싶으면 알리고, 신고하고 싶으면 신고해도 돼. 경찰서에 가면 증언이 또 달라지겠지만. '언니'는 정말로 잘못한 게 없거든."

선생님의 목소리에는 단호함이 배어 있었다.

남 선생님과 수연은 서로 마주 보았다. 그 순간 성재는 두 사람이 얼마나 상대를 의지하고 있는지 느낄 수 있었다. 이 기묘한 관계는 누군가가 간섭할 수 있는 게 아니었다.

윤희가 남 선생님을 보며 말했다.

"선생님, 저희는 어떤 사건의 범인을 찾아 벌을 주려고 이 자리까지 온 게 아니에요. 저희는 학급 회의에서 안건을 받아서, 귀신이 왜 나오는지 알아내고 더 이상 나오게 하지 않기 위해서 왔어요. 선생님이 어떤 일을 했건 그건 저희가 판단할 수 있는 문제가 아니에요."

아무 말도 하지 않는 선생님을 보며 윤희는 말을 계속했다.

"선생님이 말을 해서 강당 쪽에는 귀신이 안 나오잖아요. 그 대신에 귀신이 다른 데서 나와요. 그래서 놀라는 애들이 많아요. 강당 쪽에 귀신이 안 나오게 해 주셨으니까, 다른 데시도 안 나오게 해 주세요. 이걸 저희는 선생님께 부탁드릴 수밖에 없어요."

* * *

사흘째였다.

승아는 학교 구석구석을 살피고 있었다. 다섯 시가 넘어 웬만한 사람들은 학교에 없었다. 교실마다 문이

잠겨서 복도를 걸으며 창밖에서 교실 하나하나를 계속 확인해 보았다. 귀신이 어디서 어떤 모습으로 있을지 알 수 없었다.

옆에서 언니도 계속 주위를 두리번거렸다. 애당초 승아는 귀신을 혼자 찾고 싶어 했다. 아직 어린 언니에게 그 괴상한 광경을 보여 주고 싶지 않았고, 둘째로 귀신이 다름 아닌 그 사람이라는 것이 마음에 걸렸기 때문이었다. 오랜 시간 고통을 주고, 그런 짓을 저지른 인간을 언니에게 다시 보여 주고 싶지 않았다.

하지만 언니는 승아와 함께 그를 찾고 싶어 했다. 애당초 귀신 소문이 퍼졌을 때부터 코치라는 것을 알고 있었다고 했다.

차라리 잘된 일이야. 그동안 쌓인 말이 많았는데, 그 인간이 그렇게 죽어 버려서 나는 아무 말도 못 했어. 마지막으로 그 인간한테 말할 거야. 그리고 승아를 혼자 보낼 수 없어.

그 태도가 워낙 완강해 승아는 거절할 수 없었다.

아이들의 말대로 귀신은 쉽게 보이지 않았다. 웬만한 빈 공간을 며칠간 계속 돌아도 귀신은 나오지 않았다. 직접 그 광경을 목격하지 않았다면 아무리 소문이 나도 학교를 헤매는 탁구 코치 귀신이 있다는 얘기 따위 믿지 않았을 것이다.

승아는 코치의 생전 모습을 떠올려 보았다.

못난 인간이었다. 그는 아이들 사이에 벽을 만들고, 폭력을 일삼고, 약한 아이를 찍어서 괴롭히고, 급기야 입에 담을 수 없는 행동을 했다. 어쩌면 그런 것들은 그 사람 일생에 빙산의 일각일지도 몰랐다. 그런 주제에 원한을 가지고 하소연을 한답시고 귀신이 되어서 나타나다니, 그 사람의 인생만큼이나 형편없는 결말이었다.

어떤 모습으로 나타나든 그런 사람을 마주하는 것은 두렵지 않았다.

승아는 모퉁이를 돌아 2학년 교실에서 3학년 교실 쪽으로 가는 계단을 올랐다.

복도 끝에 섰을 때 승아는 알 수 있었다. 며칠간의 수색이 드디어 끝이 났다는 것을. 멀리서 어슴푸레하게 그 모습이 눈에 들어왔다. 한눈에 봐도 그것은 사람이 아니었다.

탁구 코치였다. 그가 푸르스름한 빛을 내뿜으며 맞은편 끝자락에 서 있었다.

승아는 자신을 찾아온 2반의 여자아이가 했던 말을 떠올렸다.

귀신은 사람을 해칠 수 없어요.

앞뒤로 트인 복도 사이로 스산한 공기가 감돌았다. 아직 초저녁이라고 하기에도 이른 시간이었지만 주위가 갑자기 어두워진 것처럼 느껴졌다. 귀신은 한참을 서 있더니 조금씩 두 사람을 향해 다가왔다. 승아는 고개를 돌려 옆에 있는 언니를 보았다. 잔뜩 긴장한 듯 언니의 표정은 굳어 있었다.

"언니, 겁낼 필요 없어."

그렇게 말하며 승아는 언니의 손을 잡았다.

10.

오늘도 학급 회의에는 선생님이 없었다.

여느 때와 마찬가지로 성재는 같은 순서로 회의를 진행했다. 항상 비슷한 내용이 반복되는 회의에 별다른 새로운 사항은 없었다. 늘 손을 들던 친구가 의견을 발표하였고, 각 부 반장들은 같은 기록으로 돌려 막기를 했다. 성재 역시 지난주에 읽던 프린트물을 그대로 읽었다.

성재는 고개를 슬쩍 들어 윤희를 보았다.

윤희는 창밖으로 시선을 두고 있었다. 여전히 무심

한 모습이었다.

***

남 선생님을 찾아갔던 건 도박이었다.

탁구 코치가 귀신이라는 사실을 알게 됐을 때 윤희는 그런 말을 했다.

"이 사람은 귀신이 되고 난 후로 어떤 이유로 강당에 갈 수 없어. 이건 오히려 강당이 이 사람에게 특별한 장소라는 거야. 누군가에게 자신의 모습을 보여 주기 싫어서 가지 않거나, 누가 오지 못하게 해서 가지 않든가, 어쩌면 그 사람 때문에 갈 엄두를 못 내는 건지도 모르지."

윤희는 눈을 돌리며 먼 산을 보았다.

"그게 누굴까? 자기를 죽인 사람 아닐까? 그럼 누가 이 사람을 죽였을까?"

성재는 생각을 해 보았지만 마땅한 대상은 떠오르지 않았다.

"수위 아저씨가 강당도 관리하지 않나? 수위 아저씨가 시간 날 때마다 순찰 다니면서, 못 오게 할 수도 있잖아."

윤희는 고개를 저었다.

"수위 아저씨는 학교 전체를 관리하지 강당 건물만 관리하지 않아. 매일 강당에 있는 사람, 코치가 귀신이 되어서도 피하고 싶은 사람, 자기를 죽인 사람이 따로 있어."

윤희는 잠시 말을 멈추고서 손으로 셈을 하는 시늉을 했다.

"여기서 범위를 줄일 수밖에 없어. 애들은 성인 남자를 죽이기 어렵고 그걸 숨기기는 더욱 어려우니까, 범인은 어른이야. 최소한 어른이 가담을 하고 있어. 그렇게 좁혀 들어가면 한 명밖에 남지 않아."

윤희는 성재를 보았다.

"음악 담당 합창부 선생님이지."

"……"

"아니면 어쩔 수 없어. 하지만 난 여기에 걸어 볼 가치가 있다고 생각해."

남 선생님은 자신이 범인이라는 사실을 순순히 인정했다. 그리고 두 사람의 부탁을 들어주었다. 선생님을 찾아간 지 며칠 후, 음악 수업을 마치고 음악실을 나설 때, 남 선생님은 성재 곁으로 지나가며 허리를 숙이고 귓속말을 했다.

내가 직접 얘기했어. 이제 학교에 귀신은 안 나타날 거야.

그렇게 말하고 선생님은 멀어져 갔다.

* * *

이번 일이 어떻게 끝날지는 알 수 없었다. 남 선생님과 수연은 당장은 의심받지 않고 있었으나 언제까지 덜미를 잡히지 않으리라는 보장은 없었다. 이미 학교에는 귀신이 나타난다는 소문이 파다하게 퍼져 있었고 선생님 중에 코치 귀신을 본 사람이 있다면 그 죽음을 의심하는 사람이 나왔을지도 모르는 일이었다.

은미에게 사진을 확인시켜 주면서 비밀을 지켜 달라고 했지만 그런 입단속이 계속 갈 것 같지도 않았다. 이미 상당 부분 경찰 조사가 진척돼 수사 범위를 좁혀 들어가고 있을 가능성도 있었다. 반대로 남 선생님이 정말로 증거를 완벽하게 인멸해 없던 일처럼 만들어 버렸을지도 몰랐다.

어떤 것이든 성재가 개입하고 판단할 수 없는 일이었다.

윤희가 했던 말을 생각했다. 자신들의 조사는 범인

을 벌하려는 게 아니라, 귀신이 나오지 않게 하려는 것이었다고. 이대로 귀신이 나오지 않게 된다면 목표는 달성된 것이다.

성재는 그렇게 생각하기로 했다.

＊＊

어제 마지막으로 윤희와 의논을 했다.

"회의에서 이대로 모든 전말을 밝힐 수는 없어. 어디까지 이야기할지를 정해야 해. 워낙 큰일이 얽혀 있어서 굉장히 많은 부분을 지어내야 할 거야. 처음부터 끝까지 싹 꾸며 내야 할지도 몰라."

"나는 어느 쪽이든 괜찮아."

"성재 네가 시작했으니까 네가 결정해야 하는 일이야. 나는 하자는 대로 할게."

두 사람은 오랫동안 이야기한 끝에 입장을 정했다. 적당히 조사한 결과를 말하고, 대강 없는 사실을 지어내 결론을 말할 작정이었다. 물론 그 결론은 아이들이 기대하는 방향이 아닐 터였다. 아이들이 실망하겠지. 하지만 생각해 보니 왠지 그런 반응도 조금 기대가 되었다.

* * *

그사이에 부반장 진이가 금주의 실천 사항을 읽었다.

회의를 마무리할 때였다. 성재는 시계를 보며 말을 했다.

"선생님이 오시려면 아직 한 10분 정도가 남았는데요. 전에 비공개 안건으로 부쳤던 사건에 대한 조사를 끝냈습니다."

성재는 뒷자리의 윤희에게 신호를 보냈다. 윤희는 알았다는 듯 눈짓을 했다.

숨을 한 번 가다듬고, 성재는 어제 밤늦도록 기록했던 노트를 펼쳤다.

그리고 조사 결과를 읽어 내리기 시작했다.

한정판 서울국제도서전 에디션
저주를 파는 문방구

펴낸날 2025년 6월 18일
지은이 차삼동
발행인 박근섭
편집인 김준혁
책임편집 정경혜
편집부 김준혁, 장은진, 장미경, 정경혜, 정미리
미술부 김다희, 김진영, 김나연
전산실 이현경, 박혜아
마케팅부 정대용, 허진호, 이호길, 김민영, 조정희
제작부 임지헌, 김한수, 임수아, 권혁진
브랜드커뮤니케이션 이시윤, 김유경
관리부 박경희, 이인선, 김지현
물류부 박광용

출판등록 2009.10.8(제2009-000273호)
주소 06027 서울 강남구 도산대로1길 62 강남출판문화센터
홈페이지 https://goldenbough.minumsa.com
ISBN 979-11-7052-624-7 04810
　　　979-11-7052-625-4 04810(set)